私の彼女と女友達

チョ・ウリ

カン・バンファ 訳

내 여자친구와 여자 친구들

私の彼女と女友達＊目次

The WORK is published under the support of Literature Translation Institute of Korea(LTI Korea).

装幀　成原亜美［成原デザイン事務所］
装画　권서영（クォン・ソヨン）

私たちがハンドルをつかむとき

母の家は、鍋から立ちのぼる湯気と異国のスパイスのにおいに満ちていた。とつぜんの私の登場に驚く様子もなく、どしたの連絡もせずに、と無頓着にひとこと言ったきり、もくもくと手を動かした。煮えたぎる鍋に緑豆モヤシを入れる。やがてそれ以外にも、ハクサイやチンゲンサイ、練り物やダイコンなどが次々に投入された。

母は、料理を大容量で作る。子だくさんの家の長女として料理を教えこまれたせいもあったし、長らく食べ物屋をしていて身についた感覚でもあった。タマネギなら二個より二キロ、牛肉なら一人前より一ブロックという母の計量法は、店を閉め、家族がひとり、ふたりと減っていくあいだも変わらなかった。

なにをそんなに作っているのかと訊くと、予想外の言葉が返ってきた。

「麻辣湯《マーラータン》」

母は赤い油の入ったガラス瓶を見せてくれた。見慣れない手書きの文字で〈麻辣湯ソース〉とある。母はどじょう汁に山椒を入れないし、カレーのにおいさえ嫌う人なのに。いつだったか、私がフォーの店に誘ったときなど、パクチーのにおいに耐えられないと、席に座ったとたん引き返したこともある。そんな母に麻辣湯のレシピを伝授したのは、新しく友達になったクムジャさんだった。

母は週に三、四度、人材斡旋会社から連絡を受けて、入居前の清掃サービスの仕事をしていた。仕事ぶりが認められ、人より日当もいいと言う。母のもとで学ぶようにと、紹介所では新入りを母の補助につけるほどだった。クムジャさんとは、先月出向いたオフィステル「オフィス＋ホテルの造語。住居としても事務所としても使用できる建物」で初めて顔を合わせた。やけに口数が少ないせいで、最初は気まずく感じられたそうだ。短くて五時間、長くて八時間、同じ空間で息を合わせて作業しなければならないのに、人見知りが激しい人だと困る。でも、すぐにそのわけがわかった。

「まだ韓国語がうまくなくてね。それで下手な言いがかりつけられてもいやでしょ」

母は、仕事が早く、筋のいいクムジャさんのことが気に入った。もしもの不利益より気まずさを取ったのも賢明な判断だと思った。紹介所に連絡し、どうせ補助をつけるのなら今後も彼女にしてくれと伝えた。

「一緒にやりだして三度目のときくらいから、いろいろくれるようになったのよ。これが関係《グァンシ》「ビジネスでもプライベートにも一歩踏み込んだ状態のコネクションを指す中国語」ってやつかしらね。知ってる？　中国の人は関係をすっごく重んじるんだって」

「ただのプレゼントでしょ。なにか目的あってのことなら、お母さんじゃなくて紹介所の人にあげるんじゃない？」

「そんなもんかね」

母は器を持ち上げて、麻辣湯のスープをズズッとすすった。

食事を終えた母と私は、居間の床にソファにもたれて座り、テレビを観た。これまたクムジャさんがくれたという煎餅《ジェンビン》をデザートに。穀物の粉を焼いたもので、食べるというより嚙むという表現のほうがしっくりくる。重なり合っているときは丸いなにかの生地のようだけれど、一枚一枚は紙のように薄い。これといった味もなく、わずかに穀物の香りがするだけだ。その味気なさがなんともいえず、誰かが口に入れつづけてくれるなら、永遠に嚙んでいられそうだった。ウサギかヤギになった気分で口を動かしながら、母から連続ドラマのあらすじを聞いていたときはまだ、自分が間もなくクムジャさんに会うことになるとは思っていなかった。


クムジャさんとは、自動車教習所で会った。母も一緒に。私たち三人は、〈道路走行完全征服運転研修速成コース〉に共同で申し込むことにしていたのだ。母の提案で。

母の家に来て三日目、母が言った。

「仕事のほうはどうなの？」

「履歴書は送ってるんだけど、反応がないのよね」

「前に勤めてたところに連絡してみたら？」

「ソウルだと大変でしょ。通うのが」

「サンミちゃんとけんかした？」

「してない」

「じゃあなんで自分ちに帰んないのよ」

「うん、まあちょっと、いろいろ」

あえて言うならば、事の始まりは非保護左折［右側通行の韓国では、車は信号機に左折マークが表示されてから左折するが、非保護左折の表示がある場合は、対向車に注意しながら左折できる］のせいだった。

サンミの休みは、一週間のうち日曜だけ。週に一日だけでも人を避けたいと、日曜は外へ出ようとしなかった。そんなサンミをやっと説き伏せて外出した日のことだ。目的地は、インターネットで見つけたカフェ。大きな温室のようなガラス仕立ての建物は植物園を思わせる。ソウルでデートしていたときによく食べたアインシュペナーやカヌレもあった。いま住んでいるウンジュ市近辺でそんなデザートを扱っているカフェは、その一軒きりだった。サンミは花好きでもあったから、実際に行けば喜ぶはずだと思った。本当を言えば、なにより私が気分転換したかった。

ソウルに住んでいたころは、大人向けの美術講座を開いていた。百貨店のカルチャースクールや地域の公民館でグループレッスンを行なったり、社会人の退勤時間に合わせて近くのカフェで個人レッスンをしたり。久しぶりに鉛筆を握ってドキドキするとか、カラフルな色鉛筆を使うのが楽しいとかいう感想を聞くと、やりがいを感じた。でも、サンミのあとを追ってウンジュ市に引っ越してからはそうもいかなくなった。ほとんどの住民が農業に携わっているウンジュ市では、〝仕事終わりの習い事〟や〝週末の余暇活動〟への需要がなかった。公民館に講座の提案書と履歴書を送ってみたものの、返信はない。ＳＮＳに上げたレッスン広告も同様だった。サンミが出勤してしまうと、まだ家具もそろっていない住み慣れない家で、日がな一日ネットサーフィンや動画鑑賞に明け暮れる日々が続いていた。

　カフェの近くまで来ているのはたしかなのに、ナビゲーションのＧＰＳ信号が途切れていた。ハンドルを切るべき方向を分岐点を過ぎてから知らせてくる音声案内のせいで、同じ所を何度も回るはめになった。「もう一度ルートを探索します」という案内が聞こえるたびに、サンミは小さくため息をついた。疲れて見えた。私はサンミの顔色をうかがいつつ、ナビゲーションをにらんだ。カフェに行きたいという気持ちはとっくに失せていたけれど、いまさら家に帰ろうとも言えない。そう切り出すには、時間を費やしすぎていた。ようやくカフェの看板を見つけたときには、どうかサンミが気に入ってくれますようにと祈っていた。

　カフェの駐車場に入るには、非保護左折をしなければならなかった。サンミはウインカーを出して停止線で止まり、反対車線を走る車をじっと見つめていた。ナビゲーションが「左折後、目的地周辺です」と三回くり返すあいだも、サンミはハンドルを切らなかった。

「なんで行かないの？」

「まだ車が来てるでしょ」

「いまじゃない？」

「まだよ」

「いまは？」

「まだ」

「いまなら行けるんじゃない？」

　サンミはもう答えなかった。運転しているときのサンミは、話しかけるのもためらわれるほど神経質になることがある。そんなサンミの隣に座っていると、一緒に移動しているというよりどこかに運ばれているような気になった。なんでそんなにピリピリしてんの、と訊くと、緊張してるから、と答えた。免許証を更新するくらいにはそこそこ長いあいだ運転してきたにもかかわらず、とうてい慣れないばかりか、ハンドルを握るたびに怖くなるのだと。いくら注意していても事故は起こりえるのだから、緊張をゆるめられないと。それほどなら私が運転すると言っても、サンミは絶対に私にハンドルを預けなかった。運転免許の試験以来、一度も道路に出たことがないのだから危険だと。でも、やんなきゃうまくなんないじゃん、と言い返すと、そんな必要がどこにあるの、とはねつけられた。

「私がやればいいの。あんたまでわざわざリスクを負うことないでしょ」

　ソウルではおおむねバスや電車を利用し、やむをえないときだけ運転していたサンミだが、ウンジュ市に転勤になってからは毎日車で通勤していた。地下鉄がなく、バスも三十分置きにしか来ない小都市で、車なしで過ごした最初の一週間がサンミをうんざりさせたらしい。家からいちばん近いバス停は川向こうにあり、職場まで一本で行けるバスもない。ある日の帰り道、サンミは石橋のそばで、ネズミの群れがバシャバシャ水遊びをしている光景を目撃した。そのせいで石橋を渡ることができず、陸橋まで遠回りして帰宅した。真夏のことだった。サンミの紺色のブラウスには白く塩がふいていた。雨の日に、男が傘も差さずにバス停の向かい側からじっとサンミを見つめていたこともあるそうだ。サンミは職場の同僚に紹介してもらい、中古車を買った。往復二時間かかっていた通勤時間が四十分になった。

「いったいいつ行こうとしてんの？　いま行きゃいいじゃん」

サンミは前を向いたままだ。反対車線を直進してくる車と車のあいだにはじゅうぶん間隔がある。私にはそう見えた。でも、サンミは両方の車線が赤信号になるのを待っていた。通行量が多くないためか、信号はなかなか変わらない。センターライン越しに脇を通り過ぎていく車を見送りながら、悔しくなった。ナビゲーションの調子が悪いのは私のせいじゃない。サンミも疲れてイライラしているかもしれないが、終始顔色をうかがわなければならないこっちだって気疲れするのだ。お腹も空いていた。少なくとも、サンミはハンドルを握っている。いつでも思いどおりに目的地を変更することだってできるのだ。カフェに行くも行かないも、サンミ次第ではないか。

「研修に行こう」母が力強い声で言った。「そうすりゃ解決する」

「なにが？」

「あんたの運転の腕が上がればサンミとけんかすることもなくなるし、ソウルに通勤できるようにもなる」

「そうしよっかな」

「よし、ちょうどよかった」

母はすぐさま携帯電話を手に取った。

「あ、クムジャ？　三人目が見つかったよ」

そういうわけで母と私、クムジャさんは一緒に運転研修を受けることになった。三人が一台の車でかわりばんこに運転するというやり方なら、講習代が割安になるというのだった。

「こんにちは、ユンジュさん。チョン・クムジャです。ミョンスク先輩からお話はうかがってました」

クムジャさんの風貌は、予想とはずいぶん違った。ところどころに金のメッシュが入ったショートカット、赤いスキニージーンズ、ウエストがくびれた白シャツといういでたちだった。まだうまくないと聞いていた韓国語も、イントネーションが少し不自然というだけで、気になるほどではない。クムジャさんはさっと手を出して握手を求めてきた。四十手前、中国出身の韓国籍の女性。料理が上手で、お酒を飲むなら度数の強いもの、服装は派手めなチョン・クムジャ。私は頭のなかに思い描いていた彼女をとっぱらい、目の前にいるクムジャさんの手を握った。

「一緒に、がんばりましょう」

私たちは早速アウトバーンを走ろうとしているドライバーのように、きらりと真剣な眼差しを交わした。母は手首を回し、クムジャさんはゆっくりと背伸びをした。私は大きく深呼吸した。

受付の係員が、書類を差し出した。

「免許証の番号と取得日、その横に、実際に運転されていた期間を書いてください」

私はペーパードライバー歴七年、母は二十五年だった。そしてクムジャさんは。

「先週取りました、免許」

クムジャさんが運転免許を取ったのは、人材斡旋会社のチェ室長のためだった。アクセスがいまいちな場所へ向かうときや、大掛かりな清掃機器を必要とするときは、チェ室長が車を出す。ところが、彼はとにかく音に敏感で、飴玉の包装紙をむくのにも気を遣うというのだ。小声でおしゃべりしたり、少しでも笑い声が洩れたりすると、すぐさま癇癪を起こす。とくに、クムジャさんには当たりが強かった。たとえば、「どのくらいで着きますか？」「スチームクリーナーも持って行ったほうがいいんじゃありませんか？」といった業務にかかわる発言も、チッと舌打ちして無視した。クムジャさんの携帯が振動でもしようものなら、すぐさま後部座席を振り向いてにらみつけた。

　母は最初、クムジャさんがチェ室長にそんな扱いを受けていることに気づかなかった。チェ室長の車の芳香剤が苦手で、多少の面倒と出費はあっても、自力で現場に向かっていたからだ。でも、その日は雨も激しく、事務所に寄って日当をもらったらクムジャさんとあさりのカルグクスを食べようと約束していたので、母は鼻をつまんでチェ室長の車に乗った。そこで、クムジャさんが初対面の人の前で無口になったのは彼のせいだと知った。「ずいぶん混んでること。これじゃ事務所に着くのは夕方ね」と母が言ったときは黙っていたチェ室長が、「そうですね」というクムジャさんの短い返事を聞くなり、「スッ」と歯の隙間から息を吸いこんだ。「あさりのカルグクスは好き？　そこ、海鮮チヂミもおいしいのよ」という母の言葉に、クムジャさんが「いいですね」とうなずいたときも、チェ室長は窓を開けてペッとつばを吐いた。クムジャさんが姿勢を正すのを見て、母はかっとなった。「何様のつもり？」思っただけのはずが、口に出ていた。

「あんなどしゃぶりのなか、道端に私らを降ろして行っちゃったんだから。傘もないのに」

二度とあんなやつの車に乗るものかと、母とクムジャさんはみずから運転することに決めた。そもそも、チェ室長が運転していたのは彼の車ではなく、事務所の車だった。

「ふん。あいつなしで行ってやるわよ」

「あっぱれ、あっぱれ」

私はうなずきながら、トングとハサミを手に網の上の豚カルビを切っていった。受付を済ませて教習所を出ると、ちょうどお昼どきだった。クムジャさんは、お肉でも食べて精を出そうと、豚カルビを提案した。母とクムジャさんは覆盆子《ボクプンジャ》酒を一杯やり、私はサイダーを頼んだ。ランチ用のカルビタンや野菜包みごはん《サムパプ》定食を食べる人々の合間で、昼間から煙を立ちのぼらせて豚カルビを焼いているのは私たちのテーブルだけだった。なぜか嬉しく、妙に愉快だった。

「ユンジュさんはどうして運転を?」

「ひとりでいるのがいやで」

思わず本音がこぼれてしまった。仕事のためだとも言えたのに。横目で見ると、幸い母は、チシャにゴマの葉とセリまで重ねて特大の包み《サム》を作るのにかかりきりだった。

クムジャさんがお酒をひと口飲んで言った。

「私と反対ね」

「ひとりになれるから運転するのよ」

たれが焦げついた網を、店員が新しいものに替えてくれた。新しい網が温まるのを待ってから肉をのせる。ジイイィ。音を立てながら焼けていく肉から白い煙が上がった。

「本当の意味でひとりになれることってあんまりないもの」

ユンジュさんは、と言ったきりあとは続けず、クムジャさんは私の顔を見つめた。私が母の顔色をうかがっているのに気づいたようだ。母の前ではいつだって、うまくやっている自分でいたかった。不安で眠れなくなることも、悩みで胸が押しつぶされることも、つらくて息苦しくなることもないのだと。あるのは時がたてばおのずと解決する、ささいな問題だけだと。サンミとくだらないことでけんかして、すねて、仲直りすればいいのだと。母が知らないはずもないけれど、それでも、母に知られていないかのように振る舞いたいと思っていた。

「先輩、乾杯しましょう」

クムジャさんがおちょこを持ち上げた。母がクムジャさんに注ぎ、クムジャさんが母に注いだ。私もサイダーの入ったおちょこを持ち上げた。三つのおちょこが澄んだ音を立てた。


担当講師は白髪の男性だった。早朝に教習所の駐車場で落ち合った彼は、髪をポマードでかっちり撫でつけ、アイロンのかかった青シャツと白いスラックスに、白手袋まではめていた。いいじゃないの。きちんとした服装で働く人は信頼が持てるというものだ。

「皆さん、おはようございます。本日はよろしくお願いします」

講師がぺこりとお辞儀をした。研修コースは、教習所を出て市内を走行し、オリンピック大路から渼沙《ミサ》大路を進み、八堂《パルダン》ダムの近くまで行って折り返すというものだった。行きは私が運転することになった。

「ごぞんじでしょうが、研修車には補助ブレーキが付いています。緊張なさらず、リラックスして運転してくださればけっこうですよ」

　講師が言うと、私の代わりに母が答えた。

「うちの子と私の後輩です。今日一日、よろしくお願いします」

　バックミラー越しに、母がクムジャさんの肩を抱くのが見えた。

　サンミがどんなふうにしていたか思い出しながら、シートの位置と背もたれの角度、サイドミラーとバックミラーを調整した。シートベルトを締め、エンジンをかけてからサイドブレーキを解除すると、講師に完璧だと褒められた。ブレーキペダルから足を離すと、タイヤがゆっくりと転がりはじめた。

　幸い、市内の道路は空いていた。オリンピック大路に入る道を間違えて二度Ｕターンしたものの、無事に渼沙大路までたどり着いた。講師からは、車幅の感覚さえ身につければ問題ないだろうと言われた。

「左に寄りがちなのは、運転経験が少ないことからくる不安のためです。基本は守れていますから、すぐに慣れますよ」

　昼食をとりに行く道すがら、晩秋のコスモスを見かけた。母はまるでお出かけしているようだと喜んだ。八堂ダムの近くまで来た私たちは、講師が紹介してくれた野菜包みごはんの専門店でお昼を食べることにした。

店の入り口には小さな庭園があった。人工池にアーチ型の石橋がかかっていて、池には赤と黒の斑点を浮かべた鯉がいた。母が橋の上で写真を撮ろうと、クムジャさんの手を引っ張った。

「娘さんもどうぞ」

講師が私の手から携帯電話を取った。私は母とクムジャさんに挟まれ、中途半端なピースサインを作った。母とクムジャさんは次々にポーズをきめた。あとに残るのは写真だけだと、庭園に咲いているすべての花、その合間に置かれたすべてのオブジェと共に撮影しそうな勢いだった。講師は人好きのする笑顔で何十回もシャッターを押してくれた。

ごはんはおいしかった。ざるいっぱいの新鮮な葉野菜に、タニシと朝鮮かぼちゃがたっぷり入った煮詰め味噌《カンテンジャン》。別のテーブルで食べるという講師を母が引き留め、一緒に食事をした。母は添え物として出されたジャガイモのチヂミを二度もおかわりし、完食した。クムジャさんも口に合うのか、あっという間に茶碗を空っぽにした。

「イモ［本来は母方のおばを指す言葉だが、母親の友人や年上の女性を親しみをこめて呼ぶときにも使われる］、お水は？」

クムジャさんが黙ってコップを差し出した。私はそのときになって、クムジャさんがほとんど話していなかったことにようやく気がついた。下手な言いがかりをつけられまいと無駄口を利かないのだという母の話を思い出した。

母の友達をイモと呼ぶのは、特段珍しいことではない。私には血のつながらないたくさんのイモがいたし、イモという言葉は親しみの表現だった。でも、クムジャさんをそう呼んだのはそのためだけではない。間違いなく、私と同じくらい、クムジャさんもわかっているはずだ。クムジャさんのコップに冷たい麦茶をたっぷり注いだ。クムジャさんが言った。

「ありがとう」

食後は湖のほとりのカフェに寄った。今度は母が運転する番だ。

「緊張する」

母がシートベルトを締めながら言った。

「落ち着いて運転なさってください。私がついてますから、心配なさらず」

講師は母に、サイドミラーがよく見えるか、ハンドルは近すぎないか訊いた。それから、しばらく駐車場で馴らしてから行きましょうと言った。後部座席でふたりの様子を見ていた私は、母が誰かと交際すればいいのに、と思った。大丈夫かとやさしく訊いてくれる人がいたらいいのに、と。

ブレーキを強く踏みすぎるという難点はあったものの、母はカフェまで無事に運転した。五階建てのカフェは、八堂ダムが見晴らせる小高い丘の上にあった。平日の昼間にしてはかなりの賑わいだったけれど、席数が多く窮屈には感じなかった。

講師は、自分は散歩してお昼を消化してくるから、一時間後に出発しようと言った。カフェの屋上には白いパラソルとサンベッドがあった。母と私はサンベッドに横たわり、クムジャさんは手すりにもたれて八堂ダムを見下ろした。日差しは強すぎず、涼しい風が吹いていて、リゾートに来ている気分だった。海外が無理なら済州島《チェジュド》でもいい、ドライブを満喫してリフレッシュしたいと思った。お刺身を食べ、夜の海を眺める。母とそんな時間を過ごしたことはない。はしゃいで笑う母。そんな母を見つめる私。そして、運転席に座っているサンミ。とりとめもなくそんなシーンを思い浮かべていた私は、運転席に自分を座らせてみた。後部座席の母とサンミという組み合わせは、想像しただけで笑ってしまう。

「ほんとにいい所ね」

クムジャさんが遠くを見据えたまま言った。私は、想像のなかのドライブにクムジャさんも招待することにした。私たちは交代でハンドルを握りながら、どこまでも走り続ける。いいプランだと思った。

三人で豚カルビを食べた日、店から出ようとした母は入り口のコーヒー自販機の前で立ち止まった。そして私に、三百ウォンあるかと訊いた。バッグを探ると、百ウォンが二枚見つかった。

「三百ウォンいるでしょ、三人分」

酔っ払った母は、どこかに必ず見落としている百ウォンがあるといわんばかりに、何度もポケットをまさぐった。

「私はいいです」

「いらないの？　コーヒー」

「そういうコーヒーは飲まないんです」

クムジャさんの言う「そういうコーヒー」とはコーヒー自販機のコーヒー、店の客に百ウォンというサービス価格で提供しているインスタントコーヒーのことだった。

　半年間、国境を行き来しながら求愛をくり広げた男と共に、クムジャさんは韓国にやって来た。その日、新居に荷物を置いてから、ふたりは夕食をとりに豚カルビの店を訪れた。

「きっと幸せにする。俺を信じてくれ。愛してるよ、チョン・クムジャ」

焼酎《ソジュ》二本をひとりで空けて酔っ払った男の告白が、クムジャさんには純粋に嬉しかった。しきりにうなじにもたれかかってくる男の息から、熟した柿のにおいがすると思った。この熱く湿った息が甘く感じられるとは。他人の視線がひとつも気にならないとは。そんな気持ちのせいだったのだろう。ふわふわと漂う風船のような気持ち。そう感じさせてくれた男のために、クムジャさんは韓国語を勉強し、婚姻届に必要な数々の書類を準備し、故郷を離れて見知らぬ国へやって来た。クムジャさんは笑った。自然と笑いがこぼれた。男が「待った」と足を止めるまでは。

　男はコーヒーを飲んでから行こうと言った。韓国には焼肉屋で食事をしたあとにコーヒーを飲む文化があるのだと説明しながら、店の入り口にある自販機を指した。その周囲に、数人の客が紙コップを手に立っていた。クムジャさんはうんうんとうなずいた。酔った男がふらつきながら自販機のほうへ歩いていき、クムジャさんもあとに従った。ミルクコーヒーが百ウォン。ブラックコーヒーが百ウォン。クムジャさんは男に二百ウォン持っているかと訊いた。男がないと答えれば、酔った彼の代わりに自分がレジで紙幣を両替してもらうつもりで訊いたのだった。ところが男は、意外な返事をした。

「金なんかいらねえよ」

いったいどういう意味だろう。クムジャさんは自分がハングルを読み違えたのかと思い、もう一度自販機を見た。でも、そこにあるハングルはさておき、アラビア数字の〈１００〉を読み違えようがない。それは男も同じはずだった。

「コーヒー、百ウォンですよ」

　男は違うと言った。

「これは客にどうぞって置いてるんだ。タダだよ、タダ。肉や酒にいくら払ってると思ってる。そんなの出せるもんか」

　クムジャさんが引き留めても聞かず、男はレジに立っていた店員から二百ウォンもらってきた。誰がこんなものに金を払うもんか、バカがやることだとつぶやきながら自販機にお金を入れた。クムジャさんがいらないと言うと、男は両手にコーヒーを持ってふらつく足で先に歩きだした。熱いコーヒーが手元にこぼれていたが、男は温度を感じられない人のように歩きつづけた。クムジャさんは彼についていきながら、これはどうしたことだろう、いったいどうしたことだろうと、いつまでも考えていた。

「そのせいで離婚したわけじゃない」

　自販機で買った百ウォンのミックスコーヒーを手に歩く母と私の隣で、クムジャさんが淡々と言った。ただ、忘れられないだけ。自分を信じろという彼の言葉と、この先自分が信じようとしていた世界がどんな風景なのかを垣間見たその瞬間を。

　クムジャさんはその男と二年暮らし、離婚した。いまは韓国の大学に留学している甥っ子の世話をして、中国から生活費を送ってもらっているそうだ。生活費には困らないのに人材斡旋会社に出入りするのは、世界旅行をしたいからだと言う。

「まだ知らない、いろんな所に行ってみたくて」

免許も取れたことだし、自分の運転で行けるところまで行ってやると。砂漠を横断し、渓谷に沿って走るクムジャさんを想像してみた。とてもよく似合っていた。

私たちは横断歩道の前で別れた。クムジャさんは反対側のバス停に向かい、母と私は近づいてくるタクシーに向かって手を上げた。母はタクシーに乗りこむなり爆睡しはじめた。タクシーが漢江《ハンガン》の橋に差しかかると、川面に映る街灯の明かりがゆらめき、リアルタイムで歌っているところを一度も見たことのない古い歌謡がラジオから流れてくるあいだ、運転席に座っているタクシー運転手の後ろ姿を見ながらサンミを思った。

サンミは運転席に座るたびに、なにか敬虔な儀式を行なうかのようにまったく同じ手順を踏んだ。サイドミラーとバックミラーの角度を調整し、シートベルトを締めると一度引っ張って確かめ、背もたれを少し戻してから同じくらい倒した。そこに座るのはサンミひとりなのに、毎回そうした。サンミはいったい、いつになったら安心するんだろう。自分が座っていた席にまた座りながら、なにもしなくてもリラックスできる日が来るのだろうか。

やっとのことで到着したカフェに入ることなく帰宅したあの日、車内に流れていた沈黙は、それまでのものとは明らかに密度が違った。エレベーターで、玄関で、狭い家のなかで、一瞬たりとも顔を合わせることがないよう極力努めていた私たち。どうしても避けられないときは、一切の表情を消した顔を向け合った。それはけんかではなかった。めいめいのやり方で怒り、相手を罰していただけ。サンミが先にベッドに入ると、私はずいぶん間を置いてから背中を向けて横になった。そして少しばかり泣いた。肩を震わせたり鼻をすすらないよう我慢しながら。翌朝、サンミが出勤のためにシャワーを浴びているあいだに、家を出た。当ては一カ所。いちばん早い列車に飛び乗り、ソウルへ、母の家へ向かった。

　このまま終わりかもしれないし、明日仲直りするかもしれない。何事もなかったかのように、ナビゲーションに新しい目的地を入力することもできる。でも、これ以上サンミが運転する車に乗せられているだけじゃいけない、そんな思いが、いつまでも消えないろうそくの灯火のように胸の奥で揺らめいていた。私はサンミに、教習所に通うことにしたとメッセージを送った。返事はずいぶんたってから届いた。

　――気をつけて。

　でもさ、サンミ。サンミは、いくら気をつけても事故は起こりえるって言ったでしょ。私たちは永遠に、なにひとつ、完全には気をつけることができないまま生きていくのに。気をつけようという努力を続けながら生きていくのに。それをひとりで背負うのは大変だよ。大変で、難しいことだよ。それなら私たちにできるのは、かわりばんこにハンドルを握ることじゃないかな。まずはそれからじゃないかな。

　クムジャさんがお腹の調子が悪いとトイレに入ってから、三十分。約束していた出発時間になると、講師は車にエンジンをかけてしきりにせっついた。母がトイレをのぞいてみたが、クムジャさんはもう少し待ってくれと言うばかりだった。

「なにか変なものでも食べたんですか?」

「いいえ、とくにそんな様子は……」

「じゃあいったい、どうしたっていうんです」

講師の言葉にはとげがあった。夜間研修に間に合わず違約金を払うことになれば、あなた方に払ってもらうと言った。ソウルでは午後三時か四時ごろにはラッシュアワーが始まる、出発が三十分遅れれば到着は数時間先延ばしになるのだとぼやいた。母は、そうかといって調子が悪い人を無理やり乗せて帰ることはできないじゃないか、もう少し待ってくれと頼んだ。講師が白手袋を脱いでポケットに押しこみ、タバコをくわえた。

「あの、外で吸ってくれませんか」

講師は私をぎろりとにらむと、車を降りて叩きつけるようにドアを閉めた。

クムジャさんはずいぶんたってから現れた。目元が赤くはれていた。母は自分が運転するからと後ろに乗るよう言ったが、クムジャさんは平気だと運転席に乗りこんだ。クムジャさんがクラクションを鳴らすと、講師は吸い殻を地面に投げ捨て、ポケットから手袋を出してはめながら近づいてきた。

車内にはナビゲーションの案内音だけが響いた。クムジャさんはベテランドライバーのようにたくみに車線を変え、速度を上げ、ハンドルを切った。講師は足を組んだまま、時折クムジャさんの顔をじっとにらんでは窓の外に視線を移した。彼の無礼な態度に抗議したかったけれど、母もクムジャさんもいまこの時間が無事に過ぎることだけを望んでいる気がして、彼のつむじをにらむだけに留めた。

　オリンピック大路に入ったときの時間はせいぜい四時。それなのに、早くも渋滞が始まっていた。クムジャさんがブレーキを踏むたびに、講師は「もっと、もっと、もっと」と言った。こんなふうに混んでるときは前の車にぴったりくっついておくのだ、そうしなければ別の車に割りこまれてしまうと。

「隙を見せちゃいけません。前の車にぴったり寄せてください。割りこみを許してたらいつまでたっても進まないでしょう？」

　講師が声高に言ったが、クムジャさんは車間距離を保った。講師は助手席の窓を開けると、「ペッ」とつばを吐いた。道路を埋めつくす車の熱気と排気ガスが入りこんでくる。母が軽く咳をした。

「窓、閉めてくれませんか」

　私が言うと、講師はチッと舌打ちして窓を閉めた。

　渋滞を抜けて少しずつ速度を出せるようになると、一触即発と思われた車内の空気も多少やわらいだ。ナビゲーションが、到着予定時刻は十分後だと案内した。どっと疲労が押し寄せた。何日もトレーラーを走らせつづけた運転手のような気分だった。そういえば、車に乗ってから一度もシートにもたれていない。細く長いため息をつき、座席に沈みこむように背を預ける。母も似たような気持ちだったのか、私を見てふっと笑った。次は別の講師にしてくれと頼もう。市外に出るコースではなく、市内を回るコースにしよう。そう考えていたとき、講師がいきなり「クソッ、なんなんだよ」と後ろを振り向いた。はたと目が合ってしまい、心臓がどきどきした。

「なんですか？」

「なんのにおいです？」

「においって？」

「変なにおいがするでしょう！」

面食らった母と私は急いでバッグをひっくり返した。でも、においの元となるようなものはない。座席や足元まで隈なく調べても、それらしいものはなかった。講師はしきりに悪態をつき、窓を開けた。

「私のです」

クムジャさんが言った。前方を注視したまま。運転席側のドアと座席のあいだに、クムジャさんのバッグが挟まっていた。母が隙間から手を入れてバッグを引っ張り出した。白いトートバッグの底が赤く染まっている。麻辣湯ソース。ガラス瓶のふたが少しだけゆるんでいた。

「どうしてくれるんです。においが車に染みついちゃったじゃないですか」

「先輩に上げようと思って持ってきたんです。すみません」

「いったいなんです。なんだってそんなもん持ち歩いてるんですか」

「そんなもんって言い方はないでしょ。食べ物よ、食べ物」

母が割って入った。いまにも助手席に飛びかかっていくのではと思い、私は母の肩をつかんだ。

「いますぐ外に捨ててください。まったくひどいにおいだ、ほら、早く！」

講師がクムジャさんのバッグを奪おうとした。母はそれをぎゅっと胸に抱きしめた。

「捨てるなんてもったいない。ふたを閉めなおしたから、もう洩れませんよ！」

「教習所に着いたら、こぼれたところはきれいに拭きますから」私が言った。

「ペッ」講師が窓の外へ唾を吐いた。「このあとすぐに次の予約が入ってるんです。業務妨害ですよ、これは。弁償してくれなきゃ困ります」

そして小さくつぶやいた。「ついてないぜ、まったく」

「弁償します。私が払います。着いたらすぐに」クムジャさんは続けて言った。「謝ってください」

講師が「なにをです」と訊いた。クムジャさんがまた言った。

「謝ってください」

講師はだんまりを決めこんだ。クムジャさんも引かなかった。

「クソッ」クムジャさんの声は冷静だった。「さっきそう言いましたよね、謝ってください」

ナビゲーションの案内音が、間もなく目的地であることを伝えた。

駅にはサンミが迎えに来ていた。後発の高速列車に数台追い抜かれながら、私の乗った一般列車は予定時刻より遅れて到着した。サンミは私を見るなり、手を差し出した。荷物をよこせというのだ。私は素直に、両手の荷物のひとつをサンミに渡した。

　駐車場に向かいながら、サンミに研修の日の出来事を話した。

「それから誰ひとり口を利かなくなって、教習所までの道のりが途方もなく遠く感じられてね。息が詰まって仕方なかったけど、そんななかでも、クムジャさんはすっごく運転が上手なの。初心者とは思えないくらい。ぜんぜん不安にならないくらい。だから、このあとどうしようって、それだけ考えてた」

「その人は謝ったの？」

「それが謝らなかったのよ。教習所に着くなり、すぐに降りろって怒鳴られた。だから、こっちは降りるつもりないから、そっちが降りろって言ったわけ」

「は？　なにされるかわからないじゃない。危ないな」

「払うものは払うから、こっちも謝ってもらうって言ったの。ブラックボックスもあるし、録音もしてるわよって」

　サンミは足を止めて、驚いた表情で私を見た。

「録音してたの？」

　受講生の安全のために備え付けられているという研修車両のドライブレコーダーには、ＳＤカードが入っていなかった。講師は、録音という言葉を聞くなり、すぐさま謝罪した。確かめもせずに。肩透かしを食らった気分だった。録音などしていなかった。

　教習所側は受講料を全額返金すると提案してきたが、私たちは、一日分の受講料と車内の清掃代を引いた残りだけ返してくれればいいと答えた。そして、母とクムジャさんは改めて個人レッスンを申し込んだ。

「同じところに申し込んだってこと？　大丈夫？」

「そこがいちばん近くて安いんだって」

サンミは声を上げて笑った。

車は白線のなかにきっちり収まっていた。運転席に向かっていたサンミが、ふと立ち止まって訊いた。

「運転する？」

私は首を振った。

「ううん。今日はお願い。次は私が」

サンミがうなずいた。私はサンミの手から、さっきの荷物を受け取った。

11番出口

駅はいつも混んでいる。市内を走る三つの路線が交わる乗換駅で、オフィス街とショッピング街が隣接しているからだ。構内には、寄贈された本が並ぶ本棚や、これまた寄贈された木製のベンチが置かれた憩いの場、授乳室、猛暑避難所、忘れ物センターがある。駅からつながる地下道はショッピングモールになっていて、靴、バッグ、化粧品、服などを売る店や、コンビニ、フランチャイズのコーヒーショップ、製菓店などが軒を連ねている。始発から終電にかけて、また、終電と始発のあいだも、駅はたくさんの人々の足音であふれている。

　パン屋は、駅と地下街のちょうど境にある。店の奥でパンを焼き、陳列台を挟んでお客さんに売る。一見すると地下街の一店舗のようだが、駅と地下街を仕切る防火シャッターの内側にあることからも駅の施設であることはたしかで、そのため地下街繁栄会にも入っていない。昨年のリニューアル工事の際、店長は地下街繁栄会の会長から、店を地下街に移して繁栄会に加入してはどうかと提案された。だが、権利金が負担になるという理由で断った。

　地下街に店を出すとなれば、月々の家賃に加え、坪あたりいくらという権利金を以前の店主か地下街繁栄会に払うことになるのだが、その額は地下街のリニューアルを機に二倍に跳ね上がっていた。繁栄会の会長は、駅の施設だって契約期間満了により再契約となれば、また余分な金がかかるじゃないかと言った。余分な金、と言いながら、知らないわけじゃないだろう、と言いたげな目配せも忘れなかった。店長はそしらぬ顔で、契約金はさほど上がらないのだと答えた。実際、彼は契約金も余分な金も払っていなかった。親戚が駅の施設管理を務めていたからだ。

それにな、俺は鼻が利くんだよ。店長は、地下街とは反対方向の出口に大きなショッピングビルが建つのだと言った。となると、そっちに地下アーケードが作られるだろ。こっちは閑古鳥が鳴くってわけだ。そして、地下街のほうを見ながら片眉を上げて言った。まったく気の毒だよ。店長が、な？　と訊くと、ダミは、ええ、そうですね、と素直にうなずいた。うなずかなければうなずくまで、店長は何度でも訊くからだ。ダミはいつでも、店長の言葉におとなしくうなずいた。

店長は、店では片足をひきずった。といっても狭い店だ、こちらの隅からあちらの隅まで歩けば店長の仕事は終わりだった。パンは、工場から卸してもらった冷凍生地を電気オーブンで焼いている。店長は週に二、三度店にやって来て、入ってきた冷凍生地と売れたパンの数字をチェックし、金庫のお金を回収した。店を開け、冷凍生地が傷まないように冷蔵庫に保管し、往来の多い時間に焼きたてのパンの香りを漂わせるのはダミだった。ミックスコーヒーに適量の氷を混ぜるのも、レジ、包装、掃除、精算もダミの仕事だ。ダミはパン屋でただひとりの店員だった。そのため、店は終電前に閉まる。ダミが終電で帰るからだ。

メニューはシンプルだった。ホットコーヒー千五百ウォン。アイスコーヒー千五百ウォン。餡《あん》パン千ウォン。ミニクロワッサン五百ウォン。客はホットコーヒーと餡パン、アイスコーヒーとミニクロワッサンをセットで買うことが多かった。組み合わせがどうこうというより、紙幣だけでお勘定が済むからだ。店としても都合がよかったため、店長はいかにもお得ですといわんばかりに、〈ホットコーヒー＋餡パン＝２０００〉〈アイスコーヒー＋ミニクロワッサン＝２０００〉と書いた紙をレジカウンターの下に張り出した。そんななか、百ウォン硬貨二十枚でミニクロワッサンを四つ買っていく客がいた。ポケットの硬貨をもてあそびながらやって来るのか、二十枚の硬貨はいつもじっとりと温まっていた。五百ウォン硬貨でも五十ウォン硬貨でもなく、いつも決まって百ウォン硬貨二十枚。

　ちゃらちゃらと鳴る二十枚の硬貨には、なにかしらの逸話がありそうに思えてならなかった。百ウォン硬貨が使われるシチュエーションとはどんなものだろう。いくら考えても、どこかわびしい光景しか浮かばなかった。その客は季節を問わず、胸に○○株式会社、と漢字の刺繍が入ったくたびれたジャンパーを着ていた。ダミはその客が来るたびに○○という漢字に目をやるものの、どうしても読めなかった。その客には、ミニクロワッサンをひとつサービスしていた。ところが店が立てこんでいたある日、その客の袋に五つ目のミニクロワッサンを入れるのをうっかりしていた。ダミの落ち度ではない。だがその客は、ちょっと、とダミを呼ぶと、店の紙袋を返した。ダミは、すみません、とミニクロワッサンをもうひとつ袋に入れた。それからはその客が来るたび、ミニクロワッサンを間違ってふたつ入れてしまわないかと緊張し、必ずひとつだけ入れるように注意した。

ダミは始発で出勤する。店に入って掃除をしていると、冷凍生地が運ばれてくる。生地を届ける青年にコーヒーをサービスする。毎度、同じ量のコーヒーミックスを同じ量のお湯で溶かすのに、青年の口に合うときもあればそうでないときもある。今日はとてもおいしいですね。そんな感想が出る日は、生地を冷蔵庫に入れるのを手伝ってくれる。違うんだよなあ、ごちそうさま。そんな感想の日は、ひとくち飲んだきりのカップをレジに置いて行ってしまう。ダミは青年が残したコーヒーを確かめながら、どこが違うのだろう、なにが悪かったのだろうと考える。

青年の感想は、構外に停めてきたトラックの助手席に左右されるのだと、ずっとあとになって知った。青年に駅周辺の配達を任せて他地域の担当になった先輩は、自分の休日にトラックの助手席に陣取り、青年に小言を言いたがった。窓を半分開けて、たばこをふかしながら若かりしころの武勇伝をくり返し語り、ナビゲーションなど頼りにならないと電源を切って、みずから道案内をした。彼が助手席にいる日、青年の舌は敏感になるのだった。

やめてほしいって言ったらどうですか？

ダミが言うと、青年は意外にもやさしい声で返した。

寂しいんですよ。僕しか話し相手がいないんです。そうとわかってても、イライラするのはどうしようもなくて。

ダミは、青年の表情がふっとゆるんでからもう一度厳しくなり、再びゆるむのを見た。人の心とはじつに測りがたいものだと思いながら。

でも、罪のないコーヒーにやつあたりはやめてくださいね。

青年は、わかったとうなずいた。しかしいくらもしないうちに、青年は、こりゃだめだ、とカップをレジに置いて去った。ダミは無言でコーヒーを流しに捨てた。

青年が去ると、余熱しておいたオーブンでパンを焼く。パンを焼く香りが店の外にまで広がるころには、駅を行き交う人々の数も増えている。一番客は駅に勤めている社会服務要員「基礎疾患や身体事情によって現役服務が難しいため、兵役の代わりに社会福祉や行政業務などの代替服務に就く人」だ。彼はいつも疲れた顔とふらつく足取りでやって来て、餡パンとホットコーヒーください、と言った。彼の主な仕事は、駅でお年寄りや妊産婦、障害のある人、ベビーカーや車椅子を見つけたら、手を貸したり簡易リフトを動かしたりすることだ。そのほかにも、トイレを探している人を案内し、無賃乗車をしようとする人を捕まえ、外国人に乗り方を教えもする。ダミは一度、彼におまけだとミニクロワッサンを差し出したことがある。彼は逡巡なく断った。そんな、という遠慮ではなく、いいです、と言った。いいです。明らかな拒絶だったため、ダミはそれ以上勧められなかった。

社会服務要員がホットコーヒーと餡パンを買って行くと、それからが本番だ。ダミはせっせと働いた。注文を受け、会計をし、パンとコーヒーを渡して、こまめに生地をオーブンに入れた。主にオフィス街に出勤する人たちが、朝食代わりにパンとコーヒーを買いに来る。朝はなにかと気が立ちやすいのか、この時間帯の客はささいなことにも苛立つことがあった。パンを焼く一分二十秒が待てず、爪を噛んだり、しわくちゃの紙幣をほとんど投げるようにして置いたり。店の仕事なら目隠ししたままできそうなダミも、腕時計と携帯の液晶画面を交互にのぞいている客たちの前では、焦ってミスをすることもあった。パンを入れる紙袋の口がうまく開かないとか、ストローを落とすことがあると、冷や汗がにじむのだった。

あるとき、お釣りが間違っていると憤る客がいた。客はホットコーヒーとミニクロワッサンを買い、五千ウォン紙幣を出した。ダミは千ウォン札を三枚と五百ウォン硬貨を一枚渡した。ところが客はすぐに引き返してきて、五百ウォン足りないと言った。お渡ししましたよ、とダミが言うと、客はポケットをひっくり返して見せながら、小銭がない、あるべき小銭がないじゃないかと言った。

どういうことだよ？　どうして小銭がないんだ。

ダミのほうこそ言いたかった。どうして小銭がないんでしょう？　そう訊きたいのはダミのほうだった。そのとき、注文のためにカウンターの前に立っていた男が言った。

ちょっといいですか、とダミと客のあいだに割って入った男は、差し出がましいようですが、と続けた。

偶然見かけたんですが、たしかに紙幣と小銭を受け取られていましたよ。ポケットに入れるのも見ました。それなのに小銭がなくなったというなら、ポケットをもう一度きちんと調べてみてはどうでしょう。さっきポケットをひっくり返したとき、糸くずのようなものが見えましたから、ひょっとしたら穴が開いているんじゃないでしょうか。

男は自分の着ているジャケットのすそを持ち上げながら、こういう所に転がりこんでいることもありますよ、と言った。果たして、客のポケットには穴が開いていた。五百ウォン硬貨は服の裏地の隅に入りこんでいた。

朝は皆さん忙しいですから、こういうこともありますよ。

ええ、私の思い違いでした。

そういうときは、謝られるといいと思いますよ。

悪いことをしました。

客はダミに頭を下げた。ダミも、見つかってよかったです、とぺこりとお辞儀をした。客が去ると、よかったですね、と男が笑った。男はホットコーヒーとミニクロワッサンを注文した。千ウォン紙幣を先に渡し、続けて五百ウォン硬貨をダミの手のひらにそっと落とした。

その日から、男は毎日パン屋を訪れた。ダミはまだ遠くを歩いている男にも気づいた。男の足取りがほかの人にくらべてのんびりしていたからだ。ひとりだけ、音楽に合わせて踊っているかのように。どうも、と男が挨拶すると、朝のラッシュでミスをしないよう緊張していたダミの顔が、ふっとほころんだ。すっきりまとめられた髪と、しゅっと結ばれたネクタイ、しわひとつないジャケット、ぴかぴかの靴。きっともっと早い電車に乗ることもできるのに、毎日定時に乗っているに違いないとダミは思った。

どんな仕事をしているんだろう。駅の外ではどんなふうに見えるんだろう。ダミは遠ざかっていく男の後ろ姿をずっと目で追っていたかった。男が視界から消えるまで、首を伸ばして見守っていたかった。でも、そうするには忙しすぎた。

いつも一生懸命ですね。

男にそう言われたとき、ダミは顔を真っ赤にした。男は、下を向いて紙袋にパンを入れているダミに、今日は暑いですね、だとか、午後は雨みたいですよ、などと声をかけた。今日は子どもの日かあ、とか、もう土用の丑《ポンナル》の日ですね、などとも。ダミは、すてきなネクタイですね、髪を切ったんですか、そんな言葉をかけたいと思ったものの、いざ男がやって来るとなにも言えなくなった。声を失った人魚姫のように。そんなことを思ってひとり恥ずかしくなった。

正午を過ぎると、ダミはオーブンの電源をいったん切り、オーブンと冷蔵庫のあいだにパイプ椅子を二脚用意する。生地の空箱でテーブルをつくってお弁当を開く支度を整えると、タイミングを見計らったようにジェナさんが現れる。地下街の〈ジェナ〉という服屋で働いているジェナさんは、ダミになにかと世話を焼いてくれた。初めはアイスコーヒーと餡パンを買いに来て、どうしてアイスコーヒーはホットコーヒーより高いのかとぷんぷん怒っていたけれど。

五百ウォンは今度でいいでしょ？　私、あっちのジェナってお店で働いてるの。信じられないならついて来る？

ジェナさんは恥ずかしいとき腹を立てた。それを知ってからは、ジェナさんがかわいらしく思えた。

のちに五百ウォンを払いに来たジェナさんは、お弁当を食べているダミをじっと見ていたかと思うと、数日後、自分もお弁当を作ってくるから一緒に食べようと言った。お弁当を食べているあいだに客が来ると、いいよ、と言ってダミの代わりに注文を受け、パンを売った。食後にダミがコーヒーを出すと、いくら断っても必ず代金を払った。初めはめいめいで作ってきていたお弁当も、いつからかダミがごはん、ジェナさんがおかずを持ってきて分け合うようになった。

ごはんを食べに行く時間もお金もないし、店で食べるのも気が引けるのよ。ジェナさんは、自分のところの店長が辛抱たまらないと言う。たまんないわよ。なにがって、なんでもたまんないって言うところがたまんないの。ごはんの時間だって言うから外で食べて来たら、たまんないって言うわけ。ひとりだけずいぶん余裕じゃないの、って。だからチャジャン麺の出前を頼んだら、においがたまんないって。服ににおいが移ったら客がいやがるでしょってさ。パンとコーヒーで済ませてたら、今度はそんなんで仕事になるのかって言う。まったく、どうしろってのよ。

ジェナさんは、ジェナの店長のたまらなさを並べ立てる合間合間に、パン屋の店長についてもダミの代わりに愚痴ってくれた。生地が余ることだってあるわよ、売り上げの伸びない日だってあるし。そんなことを話しながらお昼をとっていると、あの、と呼ぶ声が聞こえた。制服姿の女の子が、すみません、11番出口はどこですか？　と訊いてきた。ダミが答えた。

11番出口はありませんよ。どちらへ行くんですか？

女の子は銀行へ行きたいと言う。

銀行なら、6番出口を出てすぐの横断歩道を渡ってください。少し行くと、すぐに見えますよ。

ダミが腕を伸ばして、6番出口のあるほうを教えてやった。女の子はぺこりとお辞儀をして足早に去っていった。それでも納得しきれなかったのか、社会服務要員にも道を尋ねているのが見えた。ジェナさんが不服そうに言った。

だから案内板を貼ってくれって言ってるのにねえ。

そうそう。

11番出口がそんなに大事な出口だなんて知らなかった。

そうそう。

迷惑なのよね。人に余計な仕事させてさ。

ジェナさんのいう「人」というのは11番出口を探しまわる人ではなく、社会服務要員のことだ。ジェナさんは、彼が女の子を6番出口に連れて行く様子を見守っていた。ジェナさんはあの人のことが好きなんだろうなあ。ダミは、そんなジェナさんがほほ笑ましかった。

　本来、駅の出口は6番までで、7番から14番までは地下街の拡張とともにできたものだった。エスカレーターやエレベーターのある6番までにくらべ、7番からは出口といっても、小さな脇戸のようなものだったり、ビルの地下アーケードにつながるガラスの仕切りだったり、ひとつの出口にふたつの数字がついていたりした。それらが、地下街が再整備されるとともに、番号ではなくアルファベットで分けられるようになった。駅の出口と区別するためだ。7番はA出口、8番はB出口といった具合に呼び方が変わり、11番と12番は封鎖されて、そこに新しい店ができた。

　11番出口はかなり大きかったため、そのスペースには三つの店ができ、そのひとつがジェナだった。もとより正式な出口ではないのだから、駅の案内図に11番出口はなかった。それでも、人々は11番出口を探した。社会服務要員に尋ねたり、パン屋にやって来てダミに訊いたりした。11番出口を知っていた人たちは、足の赴くままにジェナの店内に入ってきて、11番出口を探した。11番出口はない、なくなったのだと言うと、途方に暮れた顔で、じゃあどうしたらいいのかと訊いた。だから、ダミとジェナさんは駅周辺の地理に詳しくなった。そうして、それぞれの目的地にいちばん近い出口を教えてあげられるようになった。

そうだ、それはそうと、大変よ。

ジェナさんが言った。

大変って？

ダミが訊くと、ジェナさんはきょろきょろと辺りをうかがってから、声をひそめて言った。

どうやら再整備がね、スムーズにいってないみたいなの。地下街もどうなるかわからないわよ。昨日なんか、繁栄会の事務所で大声が飛び交ってたんだから。うちの店長もずっと不機嫌だし。

じゃあ、ジェナさんはどうなるんですか？

黙ってうなずいていたダミが心配そうに尋ねると、ジェナさんはハハ、と笑って言った。

あたしはどうってことないわよ、最悪クビになって終わりでしょ。

クビ。ダミはその言葉にぞっとし、喉が詰まった。急いで水を含んでむせた。もしもパン屋で働けなくなったらどうしよう。どうなるんだろう。ダミは、とつぜん一日が空白になってたじろいでいる自分を思い浮かべた。ちょっと、ゆっくり食べなさいよ、とジェナさんが背中を叩いてくれた。

大丈夫？

大丈夫。

パン屋があるのは駅だ。地下街になにかあってもパン屋は無事なはず。だから大丈夫だと、ダミは思った。

お姉さん、11番出口はどこ？

ダミに声をかけたのは、韓服《ハンボク》をまとった女性だった。頭頂部の辺りで、根元だけ染まっていない白髪が白く光っている。上衣《チョゴリ》の袖はよれよれで、体にぴったり巻きつけた下衣《チマ》のすそを片手で握っている。ダミは思わず両手を前で組み、11番出口はないんです、どちらへ行かれるんですか、と訊いた。

どういうこと？

11番出口はないんですが、行き先をおっしゃってくれれば、近い出口をご案内します。

間違いなく11番出口って聞いたのよ、ないわけないじゃない。お姉さん、私は11番出口を探してるのよ。11番出口で会う約束をしてるの。

女はダミの言葉に耳を貸さなかった。ダミは、すみませんが、と口を開いた。

11番出口はないんです。もし11番出口のあった場所をお探しなら、地下街のC出口が近いですよ。

11番出口だって言ってるじゃない。C出口なんか探してないの。なんなのよ、あなた。

女が駅名を挙げながら、ここで合ってるじゃない、そうでしょ、と声を高くした。そのとおりなので、ダミは、はい、と答えた。

ほら、合ってるじゃない。なのにどうして変なことばかり言うのよ。

ダミは無念だった。女の声はますます大きくなり、通行人の視線がちくちくと刺さった。パンを買いに来た人たちも踵を返して遠ざかっていく。ダミの体はなにか大きな間違いを犯した人のようにみるみる縮こまった。遠目に、社会服務要員が歩いてくるのが見えた。よかった。ダミは思った。彼がこの人を連れて行くだろう、そうすればすべて丸く収まるだろう。そう思いながらぎゅっと目をつぶった。

11番出口ですか？

早い、と思いながら目を開けたダミは、あっと驚いた。男が立っていた。毎朝ダミに、どうも、と挨拶する男、今日もいい一日を、と笑いかけてくれる男、アイロンのかかったシャツを着て、親切そうな表情を浮かべた男が立っていた。男はその朝、ホットコーヒーと餡パンを買って行ったときと同じ姿で立っている。男がもう一度女に訊いた。

11番出口ですか？

落ち着いた温かみのある声。

ええ、11番出口を探してるんです。なのにこのお姉さんが変なことばっかり言うから。出口がないとか、C出口がどうとか。

11番出口でいいんですね？

男がさっきよりいっそうやさしい声で言った。女がやわらいだ声で、ええ、と答えた。男が言った。

ついて来てください。

ダミは、11番出口はないと言おうとした。どういうことですか、11番出口はありませんよ。そう言おうとした。でも、笑顔を浮かべ、慣れたガイドのように女を導いていく男の姿に、つい言いそびれてしまった。実は、11番出口がまだあるんじゃないか。ひょっとしてまたできたのではないかと思わせるほど平然としたその表情が、ダミをためらわせた。社会服務要員が声をかけてきたころには、ふたりは地下街を行き交う人波のなかに消えてしまっていた。

どうかしましたか？

11番出口のことで。

ああ、それですか、と引き返そうとする相手に、ダミが言った。

小さな案内板でも貼ったほうがいいんじゃありませんか？　11番出口はもうなくて、近いのはC出口です、みたいなものを。

難しいですね。

社会服務要員はきっぱり言った。

この駅にもともと11番出口はありません。だから、そういう案内は必要ありませんよ。

でも、それじゃあこんなことがいつまで続くか……。

もうすぐなくなりますよ。

え？

駅と地下街がいまみたいにつながらなくなるんです。

夜のお弁当を食べに来たジェナさんを前に、ダミは悩んだ。社会服務要員に聞いたことを話すべきだろうか。駅と地下街のあいだに壁が作られるという話。ダミはよくよく考えた。壁ができたら、ジェナさんとお弁当を食べることもなくなるんだろうか。A出口を出て2番出口から入ればいいのだけれど。ジェナさんはそうやって来てくれるだろうか。一緒にお弁当を食べてくれるだろうか。そんなことを考えていると、だんだんとごはんを噛むスピードが落ち、飲みこむ回数も減ってきた。

どした？　なんかあったの？

ジェナさん、お店に11番出口を探す人が来ませんでした？

ううん、そういえば今日はいなかったな。

背がこのくらいの男の人と韓服の女の人が、11番出口を探してませんでしたか？　おかしいな。

11番出口に行くって言ってたんです。

11番出口はないじゃない。

ですよね。11番出口なんてないのに、11番出口に行くって言ってたんです。戻って来ると思ったのに。おかしいな、って戻って来ると思ったのに、行ったきりで。

C出口から出たんじゃない？

そうですよね？

それか、ほかの出口から出たかもしれないし。

でも、11番出口じゃないとだめだって言ってたんです。

11番出口はないじゃない。

そうなんです。

知らないうちに通り過ぎたんじゃないの？

知らないはずがない。彼を見逃すはずがないのに。ダミはそう思いながら、やっぱりC出口から出たのかな、とつぶやいた。そう思えば思うほど、やけに平然としていた男の表情が思い出された。ついて来てください、という男の声が耳に残っていた。迷わず歩いていく男のしぐさは、明らかに11番出口へ行くのだ、行けないはずがないと思わせた。でも、すぐに慌てたはずだ。なにかが間違っていると気づいて、少し恥ずかしくなったはずだ。ダミは思った。ひょっとして、たんに困っていた自分を助けるための行動だったのではないか。11番出口はなくなってました、と男に話しかけられたら、そんなことは初耳だというように驚いてあげようと思った。


　夜の訪れとともに、パン屋は暇になる。人々の頭にはコーヒーやパンを買うより、早く駅から出たいという思いがある。ダミは店の前に〈1＋1〉という案内を出す。生地が余ると困る。余った生地で焼いたパンは香りからして違うのだ。

　おつかれさん、今日の残りは？　と店長が入ってきた。ダミは、ちょうどオープンに入れようとしていた生地を見せながら言った。

一回ぶんずつ残ってます。余らないと思いますよ。

そうかそうか、と言いながら、店長は数歩もない距離を足をひきずりながら歩いた。

変わったことは？

変わったこと、ですか？

おかしなこととか。

おかしなこと。

おかしなこととか、おかしな人とか。

ダミは韓服を着た女と、彼女を連れて行った男を思い浮かべた。11番出口を探してる人がいたんですけど、と切り出すと、店長はかぶりを振った。

違う違う。そんなのいつものことだろ。なにか特別変わったことはなかったかって訊いてるんだ。誰かが店をのぞきに来たとか。

ダミはおとなしくうなずいた。

はい、ありませんでした。

そうかそうか、と店長は金庫を開けて紙幣を数えはじめた。紙幣を数えながら、それから、と言った。

明日は出なくていいぞ。

え？

店をたたむんですか？　ダミが尋ねると、店長が答えた。

いや、明日は俺が出るから、休んでくれていい。

ダミは震える声で訊いた。

じゃあ、私はクビってことですか？

店長はちらりとダミを見やってから、すぐに紙幣の上に視線を戻した。

いや、休暇みたいなもんだよ。休暇。

休暇。ダミはその単語を頭のなかで転がしてみた。休暇。休暇？　妙な感じだった。パン屋で働きはじめてから休みをもらったことは一度もなかった。雨の日も雪の日もプラットホームに列車が入ってくるように、ダミも毎日欠かさず店を開けた。

そ、休暇。

私、大丈夫です。

たまには朝寝坊もいいだろう。

睡眠は足りてます。

友達と会ったり、おいしいものでも食べて来たらどうだ。

大丈夫です。

ダミが大丈夫の一点張りなので、店長はあきらめたようにため息をついた。

わかった。じゃあ、明日一日は俺のことをお父さんと呼ぶように。

お父さん？

ああ、忘れるなよ。

店長は紙幣の束を半分に折ってポケットに入れると、通報だの情報提供だの取り締まりだの偵察だのと言いながら、足をひきずって店を出ていった。どういうわけか、駅を抜けていくあいだも足をひきずりつづけていた。ひょこひょこ歩きながら遠ざかっていく店長の後ろ姿を見ながら、ダミはジェナさんがささやいていた話を思い出した。本当に大変なことが起ころうとしているんだろうか。

奇妙な朝だった。ダミが店に着いたとき、パン屋はもう開いていた。明かりの灯る店を外から見るのは初めてだった。ダミは不思議な気分で中に入ってエプロンをつけ、頭に三角巾を巻いた。生地もすでに届き、冷蔵庫にしまわれていた。生地を運ぶ青年はちょっぴり残念だったのではないか。自分がいなくて、コーヒーをくれる人がいなくて、物足りない気持ちでトラックへ戻っていったのではないか、とダミは思った。

社会服務要員が大きな土嚢を載せたリヤカーを引いて店の前を通り過ぎた。と、それをリヤカーから下ろし、店の脇の、地下街との境界に積みはじめた。今日も餡パンとホットコーヒーかしら。ダミはカウンターに立って待った。ところが、彼は空のリヤカーを引いてそのまま駅員用の休憩室に入っていった。そしてまたも土嚢を運んで来て、さっきと同じ場所に積み上げた。

ダミがカウンターで注文を聞いて会計をし、店長はオーブンと陳列台のあいだでパンを焼いて紙袋に入れた。店長は思ったより仕事が早く、ダミはなぜかばつが悪かった。ふたりで仕事を分担すると朝もさほど忙しくないばかりか、むしろ手持ち無沙汰だった。急いでください、と毎日のように急かす客が来たときも、その口から「い」の字が出る前にすべてが終わっていた。ぼんやり突っ立っている時間があったほどだ。

どうも。

あ、どうも。

ダミは男の来店を待ちながらも、今日は来ないかもしれないと思っていた。もしかすると二度と来ないかもしれないと。ウサギの穴に落ちて不思議の国へ入りこんでしまったアリスのように、いまもひそかに残っている11番出口をくぐった男はどこか遠くの世界へ行ってしまった、そんな想像までしながら。でも、男はいま、ダミの目の前にいた。

ホットコーヒーとミニクロワッサンをください。

千五百ウォンです。

ダミはいつもどおりの男の笑顔を見た。男はこれまで同様、ダミが千ウォン紙幣を受け取るのを待ってから、ダミの手のひらにある千ウォン紙幣の上に五百ウォン硬貨をそっと落とした。

あ、あの。

はい？

昨日、とダミは口ごもった。

昨日？

男はダミのほうへ前のめりになり、目を見開いた。続けてください。男の表情はそう言っているようだった。次の言葉がなんであろうと、聞く準備ができているというように。昨日、11番出口へ行かれたんですか。11番出口はありましたか。ないから、C出口へ行かれたんですよね、そうですよね。

おーい、なにやってる。お客さん、うちの娘がすみませんね。

店長がダミの肩をつかんだ。ダミは、今日は店長をお父さんと呼ぶことになっていたことを思い出しながら、店長から受け取った紙袋とコーヒーを男に渡した。

今日もいい一日を。

男が会釈をして去っていった。

地下街の店舗がちらほらと店を開けはじめ、駅が騒がしくなってきた。パン屋の脇に積まれた土嚢のせいだった。初めは雪だるまのような格好だったが、それが徐々に横に伸びていった。社会服務要員がもう何度か土嚢を運んで来ると、その役割がはっきりした。土嚢は、駅と地下街を分ける境界だった。

大人の膝ぐらいの高さしかなく、その気になればまたげなくはないものの、人々はその前でためらった末に引き返していった。なかには怒りながら駅員を探す人もいた。地下街の人たちもすぐにその存在に気づいた。近くの店の人たちが抗議した。社会服務要員は、自分に言われても困ると答えた。

僕は言われたことをしているだけです。

いやさ、まだ話し合ってる途中でなにも決まってないのに、これはないじゃないってことよ。

わかりません。

わからないってことはないだろ。

僕にわかるはずないじゃありませんか。

社会服務要員が疲れた顔でため息をついた。ダミはパン屋のなかから、店長と一緒にその様子を見ていた。

これじゃ今日は商売上がったりだ。店長がぼやいた。よりによって店のすぐ隣で騒がれちゃあな。

ダミは地下街繁栄会の人たちのなかにジェナさんを探した。外へ出ようとする人たちが地下街にある出口に向かおうとするのを、こちらからのご利用はご遠慮ください、と社会服務要員がさえぎった。繁栄会の会長が社会服務要員の胸ぐらをつかんだ。その手を振り払おうとしていた社会服務要員は勢い余って、けんかを止めに近づいたジェナさんの顔をはたいてしまった。

あ、とダミは身を乗り出した。店の外へ出ようとするダミを、店長が引き留めた。

あっちのことは気にするな。下手に巻きこまれたらどうする。父さんとお前には関係ないことだ。

土嚢の上には板を養生テープで張り合わせた臨時の壁が作られ、接近禁止、と書かれた紙が貼られた。店長は店を訪れる客たちにいつになく親切だった。ありがとうございます、またどうぞ、と言いながらひときわ足を引きずった。そして客が去ると、ダミに向かって、あの客はよく来るのか、前にも見かけたかと訊いた。ダミはよくわからないと答えた。

今日はもう上がれ。

え？

店長が、地下街とのあいだに作られた壁を指して言った。

こんな物騒な雰囲気じゃ客も来ないだろ。おつかれさん、上がっていいぞ。

ダミは、はい店長、と頭を下げた。店がまだ開いているのに帰るなんて。ダミはしきりに店を振り返った。明かりの灯るパン屋の向こうに、壁が見えた。ジェナさんはどうなったんだろう。お弁当は誰と食べたんだろう。そう思いながら、列車に乗るのをやめ、２番出口から出てＡ出口へ入った。

地下街は思ったより入り組んでいた。奥まで踏み入るのは初めてだと、ダミはいまさらながら思った。左右に並ぶ看板のライトが、トンネルのような地下道をきらびやかに彩っている。ジェナ。ジェナという名前を探し歩いた。化粧品のエリアを過ぎると、服屋が見えた。服屋のあいだに、フランチャイズの製菓店もある。〈アイスアメリカーノ２５００ウォン　セットならサンドイッチが２０００ウォン〉。ガラスの壁にそんな貼り出しのある製菓店に、ジェナさんはいた。

いらっしゃいませ、ようこそ。

青リボン付きのユニフォームを着た店員がカウンターから挨拶した。チリンチリン、とドアにぶらさがる鈴が鳴った。店は、パン屋よりずっと大きい。なかで飲食できるように、テーブルと椅子も用意されている。そのひとつに座っているジェナさんのほうへ、ダミは近寄っていった。さっきは大丈夫だったのか、お弁当は誰と食べたのか、そう話しかけてもいいのだろうか。ダミはためらった。木製のトレーの上には、空のカップとサンドイッチの食べ残しがあった。ジェナさんはダミのほうを振り向きもしなかった。

あの、とダミがジェナさんの肩に手をのせた。ジェナさんはトレーを持って立ち上がった。

店長の娘だったなんてね。私のこと、内心笑ってたんでしょ。

そう言うと、ダミが引き留める間もないままずかずかと歩きだし、カウンターにトレーを置いて出ていってしまった。ダミはうろたえながらあとを追った。あの、あの、と言いながら店を出たときには、ジェナさんの姿はもうなかった。背後から、今日もいい一日をお過ごしください、という店員の挨拶が聞こえてきた。

ジェナを見つけなければ。ジェナさんは恥ずかしがっているはずだ。恥ずかしいときは怒る人なのだから。見つけて、誤解だと、あれは違うのだと伝えて一緒に愚痴を言い合えば、ジェナさんの機嫌は直るはずだ。ダミはそう思いながら歩いた。客のいない暇そうな店を見つけるたびに、なかへ入って尋ねた。

あの、ジェナはどこにありますか?

ジェナ?

はい、服屋なんですが。

さあねえ、服屋もたくさんあるから。店番号は？

地下街の店は看板の下に、位置を示す番号が記されていた。店舗を区別するための住所のようなものだ。でも、ダミはジェナの店番号を知らなかった。知っているのは、ジェナさんが働いている服屋だということ、再整備の際に新しくできた店だということ。ダミはここでようやく、ジェナが11番出口の跡地にできた店であることを思い出した。

じゃあ、11番出口、11番出口があった場所を知りませんか？

店主はおかしな人を見るような目でダミを見返すと、そんな出口はないでしょ、と言った。隣の店の人も、11番、と聞いただけでわずらわしそうに手を振った。ダミは地下街の広さに驚いた。どこまでも果てしなく続いていそうだった。地下街をさ迷うダミに、誰ひとり満足のいく答えをくれなかった。永遠に、ジェナも、ジェナさんも見つけられそうになかった。ダミはふと、男を思い出した。11番出口ですか？ もしもいま男にそう訊かれたなら、11番出口はありませんよ、と言う代わりに、うなずいていただろう。ええ、11番出口を探してるんです。どこかごぞんじですか？

でも、男は現れなかった。あてどなく歩いていたダミは、はたと立ち止まった。行き止まりだった。パン屋の隣に作られた壁、ダミはその反対側に立っていた。

臨時の壁は、ほどなく本物の壁になった。工事が行なわれているあいだに、パン屋はなくなった。その後しばらく、人々はなぜとつぜん壁ができたのか不思議がった。パン屋を訪ねてぶつくさ言いながら引き返していく人もいた。でも、そんな客も徐々に減っていき、ついにはいなくなった。パン屋の店長は駅とショッピングビルをつなぐ地下アーケードの入り口に新しく店を出した。ダミはそこで新聞や雑誌、宝くじを売った。アーケードの入り口は7番出口になった。駅の正式な出口は1番から6番までで、7番出口は案内図には載っていなかったが、人々はそこが7番出口だと知っていた。

　店長は週に一度、宝くじの当選結果が発表される日になると、サングラスをかけ、杖で床を叩きながら店にやって来た。小箱のようなその店には、お金と手だけが行き来する小さな穴が開いていた。ときどき、お金を差し出す客の手がにゅっと奥まで入ってくると、ダミは、ひょっとしてパン屋に来ていたお客さんかしら、と思いまじまじと見つめた。コーヒーを買いに来ていた人たち、パンを買いに来ていた人たちの顔をじっと思い浮かべてみた。彼らはどこでどうしているのだろう。そして誰かに、11番出口はどこですか、と訊かれるのを待った。11番出口はないんです、どちらへ行かれるんですか、と訊き返すと、11番出口で待ち合わせしてるのよ、ないわけないじゃない、という言葉が返ってくるのを待った。そこへとつぜん割って入る親切でやさしい声を待った。自分が心から待っているのは誰の声なのか、ダミがそれに気づくのは、もう少しあとになってからのことだ。

ミッション

ミギョンは押し出されるようにしてホームに降りた。ソウル発のＫＴＸ［韓国の主要都市を結ぶ高速鉄道］が釜山《プサン》駅に着いたのは、日曜日の午前十時四十分。終着駅であることを知らせるアナウンスでなんとかまぶたを持ち上げたものの、眠気はなかなか覚めてくれない。ミギョンは気忙しく移動する人混みをかきわけるようにして、ホームのベンチに腰かけた。そこで冷たい風にあたれば、少しは頭がすっきりしそうな気がしたからだ。霧がかかったような頭のなかには、さっきまでの夢のかけらが漂っていた。

　ミギョンは夢のなかで手紙を書いていた。誰に宛てて？　思い出せない。なにを書いていたのかも。受取人も内容もわからない手紙。でも、ひどく入念に書いていたことだけはたしかだ。同じ列車から降りた人たちがホームを去っていくあいだ、ミギョンはまぶたを持ち上げようと苦心しながら手紙のことを考えつづけていた。両手をぎゅっと握り締めてから、開いてみる。自分が思うより指の動きがのろい気がする。親指で残り四本の指先をぎゅっぎゅっと押してみる。痛みが走った。それ相応の感覚なのか判断できず、ミギョンは不安になった。そんな最中もあくびは止まらず、眠気が押し寄せてくる。

平日の睡眠不足を取り戻すために、いつもならまだ布団のなかにいる時刻だ。おまけに昨夜はなかなか眠れず、遅くまで寝返りばかり打っていた。でも、生体リズムや睡眠時間の問題でないことはわかっている。寝逃げとパニック障害。薬の服用をストップしてもいいと言われてからまだ間もない。やっと落ち着いてきた症状がぶり返した原因はひとつ。ミギョンはバッグのなかの封筒を思った。封筒の表に書かれた自分の名前と、それが呼び覚ます記憶について。

構内のカフェに入って熱いコーヒーを飲むと、みるみる視界が晴れた。釜山の冬は、ソウルより暖かい。ミギョンはダウンコートを預けるため、コインロッカーを探すことにした。

見知った広告がコインロッカーの上の壁面を埋めていた。ある展示が、春川《チュンチョン》を皮切りにソウル会場を経て、釜山でも特別展が開催されるというものだ。ミギョンは以前、その展示を観に春川へ出かけた。去年の夏のことだ。新しいお寺を建てるために寺跡を掘り返したところ、数百体もの石仏が見つかった。石仏はどれも涅槃の笑みをたたえており、その一部を公開するというものだった。ミギョンとスアは、昼食後に長距離バスターミナルの前を通りかかったときにその広告を目にし、思わず春川行きのバスに乗りこんでいた。いざ着いてみると、当の博物館は定期休館日だったものの、博物館前の店で食べた春川名物の鶏の辛味炒め《タッカルビ》とそば冷麺《マッククス》はいい味だった。

「展示が終わる前にまた来られるかなあ。難しそうだよね」

「大丈夫。私に任してよ」

スアはソウルでも展示を開いてもらえばいいのだと言い、約束すると大口を叩いた。スアは当時、ソウルのある博物館に研究員として勤めていた。

「学芸員にこきつかわれてる立場でしょ？」

「この展示が評判になってるって吹きこんでやればいいのよ。ちょろいちょろい」

自分のついている学芸員がいかに流されやすいか知らないのだと、スアはケラケラ笑った。人は悪くない、とてもいい人なのだが、流されやすいのが問題だと。のちにその学芸員と対面することになったミギョンは、思ったより頑固そうな相手の顔を見て驚いた。こんな印象を与える人が流されやすいなんてことがあるのだろうかと訝りさえした。

足首まであるダウンコートは、コインロッカーにうまく収まらなかった。ミギョンは抱きしめるようにしてダウンコートの空気を抜いた。額に汗がにじんだ。またふくらむ前にロッカーに押しこみ、急いで扉を閉めたときには汗が顎に滴っていた。ロッカーの鍵を閉め、トイレでメイクを直した。鏡の前で全身をチェックする。下に着ていたウールのコートとワンピースにそれほどしわは寄っておらず、ほっとした。


「ロイヤルコンベンションまでお願いします」

タクシーの運転手は、山沿いに行く道と海沿いに行く道のどちらがいいかと訊いた。ミギョンが早いほうでと頼むと、時間的には変わらないという返事だった。

「景色が違うんですよ。釜山ときたら海という人もいれば、釜山にどんな山があるんだろうって知りたがる人もいるでしょ。観光でいらっしゃったんですよね？　なにが見たいですか？」

「いえ、仕事で来たもので」

これ以上の会話を望まないという姿勢を見せるために、シートに深くもたれて目を閉じた。タクシーが急発進した。ミギョンは、さっきの夢に出てきた手紙の受取人はスアかもしれないと思った。


タクシーを降りると、結婚式場の近くのコンビニに寄り、ＡＴＭでお金を下ろした。同じ部署の八人全員ぶんのご祝儀だった。平社員は五万ウォン、主任から上は十万ウォン、次長は二十万ウォン。ミギョンは次長に言われたとおりすべて一万ウォン札で下ろし、用意してきた封筒に入れた。〈最高のチームワーク、海上2部〉。次長の名前がいちばん上にでかでかと書かれ、以下にミギョンをはじめとする部署員の名前が小さく並んでいる。

ミギョンの釜山行きは、昨夜急に決まったことだった。携帯電話が鳴っているとき、ミギョンはシャワーを浴びていた。携帯はベッドの上に置いてあった。土曜の夜九時に電話をかけてくるなんて誰だろう？　可能性のありそうな人を思い浮かべてみたが、誰であっても喜べない。電話はミギョンがシャワーを終えるまでひっきりなしに鳴っていた。不在着信が五件。携帯を手に取ると、液晶画面にメッセージが表示された。意外な人物だった。同期で、同じ部署のヒジンだった。

「ミギョンさん、もう、電話つながらなすぎ。ミッションも全然読んでないみたいだし」

差し迫ったような声。ミギョンは携帯をスピーカーモードにして、〈ミッション〉を立ち上げた。ミッションとは、ミギョンが勤めている物流会社アプライ・ロジスティクスの社内業務用プログラムで、メール、掲示板、メッセンジャーなどの機能を併せ持つ。社員は必ず、会社のパソコンと個人のノートブックはもちろん、携帯にもインストールが義務づけられている。「社内外のネックをなくし、業務環境をいっそう充実させるために誕生しました」そう伝える代表の全体メールは、ほとんど警告ともいえる勧告で結ばれていた。「グローバルな顧客を抱える私たちにとっては、すべての時間が業務時間といえます。業務中はつねにアクセス可能な状態にしておきましょう」

ミッションのホーム画面でメッセンジャーのアイコンが赤く点滅していた。海上２部のチャットルームに、未読のメッセージが二百以上ある。最後のメッセージの送り主は次長だった。

——ミギョンさんはメッセージを確認次第、私に連絡するように。

シャワーで温まったはずの体が急速に冷えていった。ミギョンは金曜日に会社を出る前、最後に処理した書類を思い出そうとした。釜山からＬＡへ運ぶ二十フィートのドライコンテナの件だ。なんの変哲もない、日常的な業務だった。だが、慣れが致命的なミスを生むこともある。食卓に置こうとして落としたグラスが、よりによっていちばん大事にしているグラスだった、というように。ミギョンはチャットルームの画面を上へ上へとスクロールしていった。もしもあの書類に不備があったなら、メッセージの数など問題ではない。急いで内容をチェックしていたミギョンの目が、ついに事態の大元となる単語をとらえた。

チョン・ジュンソク。

いま自分は、コンテナを逆さまに載せたまま船が出港したというニュースを聞かされるよりおぞましい状況にあるとミギョンは思った。明日、日曜日の午後一時。釜山で開かれるチョン・ジュンソクの結婚式に参加しなければならなくなったのだ。次長の名前で送られた花輪が無事に式場に届いたか確認して写真を撮り、次長その他の名前が書かれた祝儀袋を渡して食券をもらい［韓国の結婚式は披露宴がないことも多く、受付でご祝儀と食券を交換し、専用の食堂でバイキング形式の食事をとるのが一般的］、食事をしながら釜山支社の人たちにソウル本社からも人が来ていることをアピールする。それよりなにより、笑顔を振りまいているチョン・ジュンソクを目の当たりにしなければならないのだった。

「みんな用事があるって返事だったんだけど、ミギョンさんだけ返事がなくて。週末だしミギョンさんも予定があるんじゃないかって、もう少し待ってみませんかって言ったんだけど、次長が勝手に決めちゃったのよ」

　次長は、帰宅後はミッションのお知らせ機能を切ってしまうミギョンのことをよく思っていなかった。お知らせ機能を切ったところで完全に忘れることもできず、週末も数時間に一度はアクセスしてメールとメッセージをチェックしていた。それなのに、なんてついてないんだろう。一番上のメッセージを見ると、事の発端は、部署を代表して出席することになっていたユン主任が交通事故で入院したというニュースに始まっていた。その下に、みんなの多忙な週末スケジュールが続いている。

「行きたい人が行くべきよねえ」

　ヒジンは次長のことを言っていた。誰よりこの結婚式に出席したかっただろう彼は、取引先の役員とゴルフの約束が入っていた。

「ミギョンさん、大丈夫？　ひとりで行くのがなんだったら、一緒に行こうか？」

「ううん、不幸な人はひとりでじゅうぶんでしょ。大事な週末に」

はぐらかすように言ったものの、不幸、という言葉は本音だった。ミギョンはヒジンとの通話を終えると、次長にメッセージを送った。遅くに申し訳ない、事情があって携帯を確認できなかった、かまわなければこちらから電話をかけると。すぐに返事が来た。

――ご祝儀を送るから口座番号を送ってください。着いたら必ず直接挨拶するように。

チョン・ジュンソクのモバイル招待状は、ミッションの掲示板に全社へのお知らせとしてアップされていた。コメントを書きこむ場合、「便宜のため翌月の給料から控除」ではなく、個人的にご祝儀を準備したがっているものとみなす、という言葉を添えて。コメントは一つだけだった。

「チョン・ジュンソク課長、ご結婚おめでとうございます。いつ見てもハンサムでいらっしゃいますね。海上2部は格別な義理を重んじて別途ご祝儀を用意しますので、控除リストから外していただきたく存じます」次長だった。

注文の際、いちばん目につく場所に置くようにと次長が念押しした花輪は、ご祝儀を受け付けるテーブルのすぐ脇にあった。ミギョンは花輪の写真を撮り、芳名帳に次長その他の名前を書いた。ご祝儀袋を渡し、食券を受け取る。ミッションのチャットルームに花輪の写真を共有する。日曜なのにおつかれさま、せっかくだから法人カードでお刺身でも食べたら？　そんな冗談に続き、次長からのメッセージが連続で届いた。

――出てきたわけじゃないよね？

――式が終わるまで見届けること

――結婚式の写真も撮って共有するように

――チョン課長に挨拶は？

ミギョンは式場のロビーを埋めつくしている人々のなかに、いとも簡単にチョン・ジュンソクを見つけた。そればかりか、彼が喉に渇きを覚え、頭痛を感じていることもわかった。訓練の結果だった。彼はミギョンに、自分がどこにいても見つけ出し、なにを必要としているのかひと目で把握することを望んだ。

「ミギョンさん、久しぶり！　元気だった？」

礼服に身を包んだチョン・ジュンソクの胸には、黄色いブートニエールが飾られている。チョン・ジュンソクは白手袋を着けた手でミギョンの手を握った。握力というものがほとんど感じられない握手に、ミギョンは驚いた。古い友人に会ったかのような温かい眼差しと、喜びがにじむ声。彼はこの場の主人公としてミギョンをもてなしていた。そしてミギョンがためらっているあいだに、返事などはなから待っていないというように別の客のほうを振り向いた。

チョン・ジュンソクは、入社当時のミギョンの教育係だった。次長にはラッキーだと言われた。彼につけば、仕事を早く的確に覚えられると。同期にもうらやましがられた。与えられた仕事の一つひとつに目を通してくれ、外回りには必ずミギョンを同行させるのだから、身にならないわけがないと。みんなの言うとおりだった。ミギョンは同期たちにくらべてずっと複雑な書類を処理し、チョン・ジュンソクに同行して取引先に名刺を配り、顔なじみにもなれた。だがその代償として、帰り道に彼のワイシャツをクリーニング屋に預け、彼の車のエンジンオイルを交換しなければならなかった。週に三、四度は代行の代わりをし、彼がサウナに入っているあいだ、預かった携帯に電話がかかってくれば代わりに出た。会社の後輩というより、個人秘書も同然だった。

「ミギョンさん？」

ミギョンの肩に手を置いたのは、海上支援部の主任、イ・ジウォンだった。出産休暇で海上1部に欠員が出たとき、本社に派遣勤務していた人だ。釜山支社にいくらもいない、ミギョンと顔見知りの社員。

「たしかチョン課長と同じ部署でしたよね？　それでわざわざ釜山まで？　すごいですね」

「いえ、次長の代わりです」

ジウォンは自分も似たようなものだと言って顔をしかめた。海上支援部は当直でない限り全員出席するようにとの通知があったらしい。彼女はふるふると首を振ると、新郎側に座っている釜山支社の人たちを指しながら顔ぶれを教えてくれた。

「ところで、代表はいらしてないんですね？　皆さん、チョン課長のためというのもありますけど、半分は代表に挨拶しに来たようなものでしょう？　ソウルでなにかあったんですか？」

「代表はいつもお忙しいので」

「ソウル支社はどんな感じですか？」

「さあ、私はよく」

もともと海上2部にいたチョン・ジュンソクは、つい三カ月前に釜山支社に異動となった。突然の異動にさまざまな憶測が飛び交ったが、次期釜山支社長に内定したのではないかという次長の言葉に皆がうなずいた。チョン・ジュンソクは代表のいとこにあたり、営業力の弱さを航空部から見下げられていた海上部で唯一、独自に取引先を開拓していた。次長はつねづね、彼が自分にとっていかに格別な仲間だったか、いかに自分になつき、自分に尽くしてくれたか誇らしげに語っていた。

「そう言わず、ちょっとだけ教えてくださいよ」

ジウォンが声をひそめてミギョンの腕をつかんだ。釜山支社長のポジションが空いてから久しく、誰がそこに納まるのかとささやかれていた。代表の欠席で、またもやさまざまな噂が立つだろう。代表は予定になかった海外出張を入れた。新規投資に関する件だというが、家族ぶんの航空チケットとリゾートの宿泊代も一緒に決済したという噂が出回っていた。次長をはじめ、そんなはずがないと言う人もいたが、わざわざチョン・ジュンソクの結婚式と前後して名ばかりの出張に行くのにはなにかわけがあるはずだと見る役員もいた。ミギョンはなにか意味深な言葉をこぼしたい衝動に駆られた。だが、同時に疲れを覚えた。

チョン・ジュンソクの異動が決まる一週間前、ミギョンはずいぶん遅くまでひとりオフィスに残っていた。誰もいなくなるのを待ち、引き出しから白い封筒を取り出した。彼の横領を糾弾する投書だった。バッグのなかで携帯が振動しつづけていた。チョン・ジュンソクだった。もう彼の電話に出たくなかった。ミギョンは、防犯カメラの録画をチェックされても違和感のないよう何度も練習したしぐさで、代表の部屋の前を通り過ぎながらドアの隙間に封筒を差し入れた。

場内の照明が消え、入り口にスポットライトの光があてられた。

「今日、世界でいちばん幸せな方、新郎の入場です！」

司会の言葉に、管楽器の演奏がテンポを上げた。ドアが開き、チョン・ジュンソクがお国入りするかのように片手を振りながら歩み出てきた。割れるような拍手が彼の足取りを追う。席数がまったく足りず、ミギョンは隅っこの壁にもたれて立っていた。バージンロードを歩ききったチョン・ジュンソクが振り向き、新婦を待ち構えた。ミギョンは彼と目が合った気がした。そんなわけがないと思いながらも、どこかで確信していた。ミギョンは片手では隠せないほど、顎が痛くなるほど大きなあくびをした。

彼は知らないだろう。契約書の数字をごまかし、取引先から個人的に接待を受けていたことを代表が知ったこと。そのために、代表の家の玄関の前でひと晩中土下座し、しまいには親まで出てきて代表にすがりつき、釜山支社への左遷に落ち着いた、そのすべての発端である匿名の投書を書いたのがミギョンだということを。

「くそっ、どこのどいつだ。見つけたら殺してやる」

チョン・ジュンソクの怒りに満ちた声を覚えている。真夜中のことで、彼は酔っ払っていた。行きつけのバーから彼を支えるようにして出てきて、車に乗せた。後部座席にほとんど寝転ぶようにしていた彼が、力任せに助手席を蹴った。そのたびに車が揺れた。見てろよ。ただじゃ置かないからな。そう叫びながらジャケットのポケットから封筒を出し、なかに入っていた紙幣を宙にまいた。釜山でもどうぞご懇意に、と彼に根回しをかけてくる取引先が後を絶たなかった。ミギョンにとってはどうでもいいことだった。重要なのは、今後自分はソウルに、チョン・ジュンソクは釜山にいることになるという事実だけだった。彼のオフィステルを出たところで、スアから電話があった。いま救急室にいるのだが、来てくれないかと。

スアは、博物館の地下にある収蔵庫に倒れていたところを発見された。どれくらい気絶していたのかはわからない。スアを見つけた同僚の研究員は、スアを捜しに収蔵庫に入ったのではなかった。スア同様、学芸員の指示で収蔵品を運ぶために地下へおりてみると、すでに明かりが灯っていた。不思議に思ってなかを調べると、スアが床に倒れていたという。

救急室にスアを運んだ学芸員は、過労、栄養不足、ストレスによる失神だという医師の診断に、顔色ひとつ変えなかった。事務的な笑みを浮かべたまま、医師に向かってうなずいただけ。スアはその話を、あとになって同僚の研究員から聞いた。ありえない、なんて恐ろしい、と同僚は身震いし、ほどなくしてスアより先に退職願を出した。スアは倒れてからもひと月以上、博物館に勤めた。退職願を出したのも、自分の意思からではなかった。

スアが目覚めたとき、救急室には学芸員も同僚もいなかった。翌日から始まる展示会のために博物館に戻っていたのだ。アジア全域から空輸した遺物が韓国で初めて公開される、新任の館長が手塩にかけた展示だった。ミギョンが救急室に着いたとき、スアはベッドに腰かけて退院手続きを待っていた。

「え……大丈夫なの？」

ミギョンが心配そうに訊くと、スアは頭を打たなくてまだよかったと笑って言った。点滴を打って久々にぐっすり眠ったせいか、むしろ元気になったし、気分もいいのだと。ミギョンは医師らしき人を何人もつかまえて、本当にこのまま帰っていいのかと訊いた。スアは運びこまれた四時間後に退院した。

「多いんだって、私みたいな人」

ミギョンは自販機で温かいはちみつ飲料を買ってスアの手に握らせた。筋張った手が痛々しかった。一緒にタクシーを待っていると、救急車がサイレンを鳴らしながらやって来て、救急室の入り口に停まった。ストレッチャーに横たわっていたのは、まるで眠っているように目を閉じている女の人だった。自分たちと変わらない年ごろに見えた。

「自分のこと、大事にしなきゃね」

スアを家まで送り、ミギョンは別れ際にそう言った。そしてそれは、自分への言葉でもあった。


クラッカーがはじけ、新郎新婦が腕を組んで行進を始めた。花びらがふたりの頭上を舞い、カメラのフラッシュが瞬く。

「ミギョンさん、証拠写真、撮らないと」

ジウォンがそう言って、聖壇のほうへ歩み出した。客たちもひしめきながら押しかけた。カメラマンが、多すぎて一度には無理だと言った。フレームに収まりきらなかった人たちは列を作って順番を待った。ミギョンは式場の入り口に立って、聖壇を埋めつくしている人々を見つめた。客も、新婦も、そしてチョン・ジュンソクも晴れやかに笑っている。写真のなかの幸せな登場人物になることが、自分たちに与えられたミッションであるかのように。

「そうそう、そうやって笑ってくんないと」

チョン・ジュンソクはミギョンに八つ当たりするたびに、笑えといった。思うような取引に至らなかったとき、自分が要求したとおりの金額が入金されていなかったとき、コーヒーが冷めたとき、シャツにしわが寄ったとき、車内の空気が濁ったとき。そのたびに八つ当たりしながら、自分がミギョンを選んだのは、ミギョンが笑うべきときに笑えるからだと言った。

新入社員の歓迎会の席で、チョン・ジュンソクが冗談めかして猥談を口にしたとき、唯一笑った新入社員がミギョンだったと。ミギョンは覚えていなかった。でも、自分が笑ったのだとしたら、なぜかはわかる気がした。ほかに耐える方法がなかったからだろう。

「社会生活をしようっていう心構えができてたのはおまえだけだったからな」

ふたりでいるとき、チョン・ジュンソクはミギョンのことを「おまえ」と呼んだ。「おい」「ちょっと」と呼ぶこともあった。一方、オフィスにいるときは「ミギョンさん」と呼び、言葉遣いも丁寧になった。ミギョンは彼に呼ばれるたびに、そこにどんな意味が含まれているのか神経を尖らせた。円形脱毛症になり、眠れなくなった。昼間に居眠りをして、驚いて飛び起きた。携帯を握っていなければ安心できなかった。

スアも同じだと言った。急に息苦しくなり、わけもなく不安になるのだと。そんなときは自分に与えられた仕事を一つひとつ思い返しながら、なにかミスをしてはいないかと遅くまで帰宅できないのだと。そんな夜、スアはミギョンに連絡し、ミギョンはスアの顔を見に行った。そしてふたりは、明かりの消えた博物館の階段に座ってたわいもないおしゃべりをした。

スアは、自分は博物館の公共財だと言った。自分がついている学芸員は人がよすぎるのだと。各学芸員にひとりずつ研究員がついているのだが、人手が足りないときは研究員を貸し借りすることもある。共同作業というわけでもなく、ボールペンの貸し借りでもするように研究員の名を口にした。スアのついている学芸員は断るということを知らなかった。

「うちのスアを貸すよ」

スアは、皆が心置きなく使える物のように扱われた。スアに断る権限はなく、指示どおりに動くだけだった。そんなとき、スアは自分がボールペンのように、付箋紙のように、クリップのようにだんだん小さく軽くなっていって、最後には消えてしまうのではないかと思った。ミギョンにもよくわかった。自分もコピー機のように、携帯のように、車のキーのように扱われていたから。

そんなことを話していたある日、スアは、解雇か退職願を出すか選ぶよう言われた。解雇となれば、ほかの博物館への再就職がままならなくなるとも。採用にあたって、以前の勤務先から事情を聞き出すのは慣例となっていた。スアのついていた学芸員は、退職事由は空欄のままでもいいと目をつぶってくれた。

「誰かに訊かれても、あのことは言わないでおくから」

それは、スアが遺物を破損した件を指していた。石でできた小さな仏像。収蔵庫から展示室に運んでいるとき、別の研究員とぶつかって転び、仏像の頭が取れてしまったのだった。

「復元品だから、元どおりくっつければいいだけなのに……」

だが、事態をそのように収拾する権限がスアにはなかった。原則として、研究員のミスは学芸員の責任だ。だが、スアのついていた学芸員はスアと目を合わせなかった。自分が指示したことではないと。それは事実だ。スアにその遺物を運ぶよう頼んだのは、別の学芸員だった。スアのついていた学芸員が、スアを貸した学芸員。彼も口を閉ざしたきりだった。

スアが書いた経緯報告書は、館長の神経を逆撫でした。研究員風情が勝手に遺物を動かしたばかりか破損させた事態について、博物館の全学芸員が叱責を受け、研究員たちは毎時間の業務日誌を書いて自分のついている学芸員にチェックしてもらわなければならなくなった。スアが収蔵庫で倒れたこと、その後、業務時間内に許可を得て通院していたことも事態の悪化を招いた。スアのついていた学芸員は館長に、スアは業務に向いていないと申し出た。

博物館に退職願を出して以降、スアは家から出なくなった。ミギョンがスアの家を訪ねたとき、スアは部屋の真ん中に大きな箱を置いたまま生活していた。

それは博物館から持ち帰った荷物だった。一年も勤めていないのに、ありとあらゆるものが詰まっていた。歯ブラシ、歯磨き粉、マグカップ、タンブラー、スリッパといった日用品から、冷え防止用の靴下、ネックピロー、ひざ掛け、洗顔フォーム、リップバーム、ハンドクリームなど頻繁な残業を想像させるもの、ミニ扇風機、加湿器、ヒーターなどの小型家電、カップラーメン、パックごはん、箸、プラスチックのスプーン、旅行用のシャンプー、コンディショナー、ボディソープ、ボディローション、使いこまれたタオルまで、生活臭のするこまごましたものがびっしりと詰まっていた。

ミギョンはそれらを見ながら、箱のなかのどこかに本物のスアが入っているのではないかと思った。ベッドの上で一日中ぼんやり天上を見つめて過ごすスアは偽物で、やっとやりたいことが見つかったと目を輝かせていた本物のスアは、荷物でぎゅうぎゅうのこの箱のどこかに隠れているんじゃないか。

ミギョンは投書を書く前に、自分のプランをスアに話していた。チョン・ジュンソクを糾弾するために集めた証拠も見せた。それらはスアの目に、いま自分が見ているこの箱の中身のように映っただろうか。

「自分のことは話しちゃだめだよ」

スアは、小さいけれど毅然とした声で言った。

「自分を守らなきゃ」

釜山駅に戻ったミギョンは、ダウンコートを取りにコインロッカーに戻った。暗証番号を押してドアを開けると、ぱんぱんにふくらんだダウンコートが見えた。ミギョンはダウンコートを出そうとしていた手を止め、そのままロッカーを閉めた。一歩下がって顔を上げると、広告のなかで笑みをたたえている仏像の顔が見えた。

ソウルでの展示は、スアが働いていた博物館で開かれた。スアが韓国を発ったあとに。ミギョンは平日に有給をとって展示を観に行った。チョン・ジュンソクがいないからできることだった。スアが働いていた場所、スアを傷つけた場所だという思いが、なかなか入り口をくぐらせなかった。ようやく決心がついたとき、その人が目に入った。

スアがついていた学芸員が展示室の前でインタビューを受けていた。カメラを持つ人々に囲まれてマイクを手にほほ笑んでいる彼に、ミギョンはすぐに気がついた。スアの携帯のアルバムのなかに、彼の写真があったからだ。館員全員で出かけた小旅行で、学芸員と研究員がペアになって二人三脚のレースをしたときのものだった。ひどい顔でしょ、と自分の必死の形相を見せてくれたスア。その写真でも、彼は笑っていた。

「あの、ここの研究員にパク・スアさんっていらっしゃいませんか」

彼はやさしい声で案内デスクに尋ねるようにと答えたあと、思い出したように口を開いた。

「パク・スア？　あの子は辞めたけど、お友達ですか？」

「スアのこと、よくご存知ですか？」

彼は首を振った。

「いえ」

会話を締めくくる事務的なほほ笑みと黙礼を残して、彼はミギョンの脇を通り過ぎた。そのとき、鼻歌を口ずさむように節を付けて「スアは元気にやってるかな」とつぶやくのが、ミギョンの耳にはっきりと聞こえた。彼は自分がスアを思い出したことも、そして、スアについてミギョンと交わした会話もたちまち忘れてしまうに違いない。ついさっき、スアの名前を訊かれてもすぐに思い出せなかったように。そのあとふいに思い出して、その名前を口にしたときのように、少しも気にかけることなく。

その日、ミギョンが展示を観ることはなかった。

釜山発ソウル行きのＫＴＸは満席だった。ミギョンは鈍行のムグンファ号に乗り、列車が走り出すのを待たずに眠りについた。

ミギョンは夢のなかで手紙を書いていた。ひと文字ひと文字丁寧に書いていたから、完成までにだいぶかかりそうだった。スア宛ての手紙ではない。ミギョンはスアに手紙を送れない。

空港まで見送りに来たミギョンに、スアは言った。もう韓国には戻らない。永遠に。心配いらないよ、私が会いに行くから。そう言うミギョンに、スアはかぶりを振って言った。

「やめて。二度と会いたくない」

スアは、ミギョンの顔を見ると、ふたりで冷たい階段に座りこんで話していた日々が、その話に出てくる日々が思い出されてつらいと言った。それらすべてと決別するために、ミギョンとも二度と会いたくないのだと。スアは、新しい電話番号も、新しい住所も教えないまま発っていった。

誰かが耳元で歌っているような気配に、ミギョンははっと目を覚ました。スーツを着こんだ小柄な老人の後ろ姿が見えた。彼はのろのろと歩きながら、通路側の乗客の耳元に、自分の信じる神をあなたも信じなさいとささやいていた。そう言って歩くのが楽しくてたまらないといった様子で。それが、ミギョンの耳にはまるで歌っているように聞こえたのだった。ミギョンは最後尾の車両に乗っていた。老人は通路の端まで行くと、くるりと踵を返して再び歩きだし、今度は列車内の全員の耳に届けといわんばかりに声を張り上げた。

「すべてを赦しなさい。愛しなさい。憎しみも憎悪も忘れなさい。さもなくば地獄に堕ちます」

　通路の真ん中で立ち止まった彼は、まるでわが神に見下ろされているかのように空を仰いで両腕を広げた。そしてしばらくそうしていたかと思うと、またもやさっきの言葉をくり返しながら隣の車両へと移っていった。ミギョンだけが彼を見ていた。ありふれた光景だというように、誰ひとり耳を傾ける者はいなかった。

　ミギョンはもう眠れなかった。暗い車窓の向こうをびゅんびゅん通り過ぎていくシルエットを見やりながら、くり返し見る夢のなかで自分が書いている手紙を思った。

　チョン・ジュンソクからのメッセージが届いたのは、列車が水原《スウォン》駅に停まり、再び走りだしたころだった。

　——久しぶりに顔を見られてよかった。釜山で一緒に働く気はないか？　ミギョンさんより仕事のできる人はなかなかいなくてね。来週あたり、支社長から話があると思うよ。

　ミギョンはチョン・ジュンソクの歓送会を思い出した。運転が待っているためお酒に口をつけないミギョンを、次長からひっきりなしに爆弾酒《ポクタンジュ》［韓国焼酎のビール割り］を飲まされていた部署員たちはうらやましがった。

「寂しくなるね、ミギョンさん」

「じゃあ連れて行くことにしますか」

チョン・ジュンソクがミギョンの肩に腕を回した。ミギョンは反射的に身をすくめた。首を締められるのではないかと思ったからだ。後輩思いだなあ、そのうち本当に引き抜くんじゃないか、と次長が笑いながら杯を差し出した。チョン・ジュンソクはミギョンの肩に腕を回したまま、もう一方の手で杯を受け取った。

列車が永登浦《ヨンドゥンポ》駅に滑りこんだとき、ミギョンは乗務員をつかまえて言った。

「布教してる人がいます」

「はい？」

「迷惑なことを言って歩いてる人がいるんです」

乗務員はわかったと答えて、前の車両へ移った。ミギョンは思わず席を立ち、彼のあとを追った。彼が老人に注意を与えるのを自分の目で確かめたかった。老人を列車から降ろすかもしれない。だとしたら、その様子をじかに見たいと思った。ミギョンは永登浦駅で降り支度をしている乗客のあいだをかきわけて前の車両へ移った。乗務員も老人もいない。次の車両も同じだった。ミギョンは前へ、前へと突き進んだ。どれくらい進んだときだろう。ふと目をやった窓の外を、老人が歩いていた。

ミギョンは飛び下りるようにしてホームへ降りた。老人が乗務員に注意された様子はなかった。いつもの道を歩いているような余裕っぷりで、人々に交じって出口へ向かっている。ミギョンは老人のあとを追った。

永登浦駅の屋外広場に大きなテントが張られ、人が集まっていた。老人の目的地もそこだった。老人を見つけた人たちが手を振った。すぐ後ろを歩いていたミギョンには、まるで彼らが自分に手を振っているように見えた。

笑いながら。

春川でもソウルでも観そびれた展示を、ミギョンは釜山で観た。コインロッカーの上で笑みをたたえている仏像の顔と再会した次の瞬間、帰りの予約をキャンセルして、展示が開かれている博物館へ向かっていた。

展示室は薄暗かった。床も天井も壁も黒い。明かりといえるのは、広い展示室にぽつぽつと並ぶ仏像にあてられたピンスポットライトだけだった。その明かりのなかに、それぞれ異なる笑みをたたえている仏像があった。ミギョンはゆっくりと展示場の真ん中に進み出た。たくさんの笑みがミギョンを囲んでいた。人が笑う姿にそっくりだと思った。人もこんなふうに晴れやかに笑う。残酷なことを言うときにも、笑うのだと。

スアと別れた日、最後に見交わした顔を思い出す。そして、スアに伝えられなかった言葉も。

どこにいても、必ず自分を守って。それが私たちを守ることになるから。

笑っている人たちを前にして、ミギョンは携帯を取り出す。いまこそ先延ばしにしていたミッションを実行するときだと。

＊作中の展示は国立春川博物館の「青嶺寺《チョンニョンサ》跡五百羅漢」展にモチーフを得ているが、実際の展示とは異なる。

私の彼女と女友達

ジョンユンの歌声が近づいてくる。酔うと歌を口ずさむのが癖なのだ。私は玄関で仁王立ちになって彼女を待ち構えた。約束した帰宅時間はとっくに過ぎていたし、電話も取らなかった。入ってくるなり怒鳴りつけてやろうと思っていたのに、ジョンユンはドアの向こうで暗証番号を間違えつづけている。警告音が鳴った。このままでは隣の家から苦情が来そうだったので、仕方なくドアを開けた。ドアの隙間が広がっていき、目が合った。ジョンユンの顔がぱっと晴れる。こうなると、ひとまずは胸に飛びこんでくる彼女を抱きとめないわけにはいかなかった。

「心配したじゃない」

「ごめん、楽しすぎて」

「この会だといつもよね」

私の彼女、ジョンユンには四人の大親友がいる。一九八〇年代後半にソウルのある大規模マンション群に住んでいた親のもとに生まれ、同じ小学校、中学校、高校出身の、お互いの子ども時代を知りつくしている女性五人グループ。慶弔事に備えて頼母子講をつくり、毎日グループチャットで話すだけでは飽き足らず、月に一度は顔をつき合わせて話しこむ。まさしく今日のように。

「ウンジュも一緒に来ればいいのに」

ジョンユンと交際して十年、そのうち五年間同棲しながらも、まだグループの誰にも会っていない。無数の提案と、それに伴う無数の拒絶があった。そして、それにも屈しないさらなる提案。彼女たちの粘り強さには感服するばかりだ。もちろんジョンユンにも。彼女は友人たちが私に会いたがっているからと、ミンジの結婚式、ジへの結婚式、ジヨンの結婚式、スジンの結婚式に一緒に出席しようと提案してきた。毎度、同じ言葉で断られてもあきらめなかった。

「私が行ったって仕方ないでしょ。いいから、みんなで楽しんできなよ」

ミンジとジへの区別もつかないのに、のこのこ出かけていって新婦の控え室で記念写真を撮ることになんの意味があるのかと問うと、ジョンユンは意味なんかどうでもいいと答えた。

「だって、私の友達じゃん。一緒に行ってお祝いしてあげればいいんじゃない？」

一理あった。シンプルにジョンユンのためだと考えることもできたけれど、そうしたくなかった。理由を説明するのもみっともない気がした。みじめになるのはわかりきっているのに、わざわざ口にする必要はない。ジョンユンが友人から結婚式の招待状をもらってくる日は、決まってけんかになった。去年のスジンの結婚式でバトル終了と思いきや、大間違いだった。

「来月さ、ジへの息子の一歳のお祝いらしいんだけど、一緒に来ないかって」

私は聞こえないふりをして寝室に向かった。ジョンユンはなにかぼやいていたが、やがてその声は浴室で水を使う音にかき消され、ほどなく歌声に変わった。いったい彼女たちはなんだって私を誘ってくるんだろう。

　ときどき、彼女たちに会っている場面を想像する。いつかジョンユンから聞いた話が目の前でくり広げられる瞬間を。ミンジ、ジへ、ジョン、スジンのかつての彼氏で、いまは夫となった人たちに投げかけられた質問が、私にも投げかけられるのを。意地悪な質問をしてやろうとらんらんと目を輝かせている女たちと、彼女たちに取り囲まれて困っている私。そんな私の隣でなぜか満足げな笑みを浮かべていたジョンユンが、つと手を振りながら形ばかりの横槍を入れると、大爆笑が起こるなかで私も笑いながら、さりげなく伝票を手に取る。

　でも、まったく違う場面も浮かぶ。膝をつき合わせるようにして座っている女たちが、私がやって来るなり少しずつ場所をずれてスペースをつくり、私のぶんのお皿とフォークが置かれる。私の服やバッグ、ヘアスタイルをほめそやす声。料理を分け合い、お互いのお皿にも遠慮なく伸びる手。周囲の視線を気にしながらひそかに交わされる目配せ。暗号に置き換わる言葉。そして最後に、私はとうとう彼女たちのチャットルームに招待される。そうしてメンバーの一員になり、毎月会費を払い……。

「ジョンユンの彼女なら、私たちの友達も同然でしょ」

　私は身震いしながら、想像のなかの混乱から私を救い出す。放っておけば一緒に温泉旅行に行くはめになるかもしれない。旅行の話を持ち出したのはジへ？　それともジョンだったっけ？

　私にそれを伝えるジョンユンは嬉しそうだった。友人たちに認められたのだと。合格の基準は？　と訊くと、的外れな言葉が返ってきた。

「みんなすっごく厳しいんだから」

私は彼女たちに認められたくなどない。特別な好意も望まない。湖のある公園のカフェでブランチを食べましょう、夫も息子も置いて出てくる女同士の集まりだから、ウンジュさんも気兼ねなく参加してね。そんな言葉をありがたいと思わない。

「私とジョンユンがセックスしてるってことを、みんな知らないんじゃないかな」

「まさか、子どもじゃあるまいし」

私と交際を始めて間もなく、ジョンユンは親友たちにその事実を明かした。安眠島《アンミョンド》にあるログハウスのペンションで。夏には海辺に一泊旅行に出かけ、お揃いのポーズで写真を撮るのが高校卒業後の恒例行事だった。肉の脂で立ちのぼる薪火の煙に涙しながらバーベキューを食べ、就寝前にはろうそくの前で秘密を打ち明け合う。トラ、ウサギ、クマ、タヌキ、ペンギン。それぞれが好きな動物のパジャマに着替えて円座し、紙コップに突き刺したろうそくに火を灯しながら、秘密は必ず守ると誓い合う。そんななか、われ先に口を開いたのがジョンユンだった。実は、付き合っている人がいると。

「その人、女なんだ」

その後みんなでジョンユンを抱きしめ、永遠の友情を誓いながら涙したのだと聞いて以来、彼女たちは私の頭に、まったく同じポーズをとる別々の動物の姿でインプットされていた。ミンジがトラ、ジへがウサギ、というふうに。

「なんでそこで泣くのよ?」

友人たちとの感動的なエピソードを語るジョンユンに、私はつっかかるように言った。

「なんか盛り上がっちゃってさ」

カミングアウトしたのは初めてで、思わず雰囲気に流されたのだと、ジョンユンは照れくさそうに笑った。そして、もう友達との会話で仲間外れになることもないと喜んだ。スキンシップはどこまで進んだのか、記念日のプレゼントはなにがいいか、結婚話も出ていないのにご両親に会ってもいいのか、盆正月には必ずなにか贈るべきなのかといった会話に、ジョンユンは本気で仲間入りできると信じているようだった。

「恋人がいないふりもつらかったから、ほんとよかった」

心底嬉しそうなジョンユンに、訊けなかった。私の前にもふたり恋人がいて、どちらも女性だったと言ったのか。私と別れたとして、次に選ぶのも女性だと言ったのか。早い話が、自分はレズビアンなのだと言ったのか。

「こんなことまであの子たちに話すなんて、ほんとにウンジュのこと好きなんだと思う」

ジョンユンはとろんとした表情で言った。でも、もしもジョンユンが、交際相手は女性で、大学のサークルで会ったふたつ上の先輩だ、公務員試験を受ける予定で、卒業後に同棲するためにお金を貯めている、そんな話しかしていないとしたら。果たしてそれを、ジョンユンのカミングアウトだといえるだろうか? どう考えても、それはジョンユンではなく私についての説明にしかなっておらず、だとしたら、それはジョンユンのカミングアウトではなく私のカミングアウトではないかという気がした。

うるさく言われるのがいやで寝たふりをしているうちに、そのまま眠ってしまった。目覚めると、もう昼時だった。

「起きた？　ごはんにしようよ」

食卓には、ジョンユンが冷蔵庫や棚をあさって食い散らかした痕跡があった。冷凍室に入れておいたお餅が数切れ、チョコレートの包装紙、みかんの皮、お菓子の残りかすなどなど。ジョンユンが食卓を片付けているあいだに、鍋に水を張った。今日はパスタを食べることになっていた。週末は必ず一緒に食事をすることになっていて、今週の料理担当は私だった。

「お腹空いたなら起こしてくれていいのに」

「ぐっすりだったからさ」

ジョンユンはいつもこうだ。寝ている私にごはんにしようとねだったり、ひとりで先に食べることはしない。自分の番でもないのに材料を全部下ごしらえしておいて、私が起きるのを待つのだ。案の定、冷蔵庫には切ったタマネギと塩抜きしたアサリがあった。フライパンを熱してそれらを炒めているうちに、いまさらながら悪い気がしてきた。

「一歳のお祝いって、誰の？」

「一緒に行ってくれんの？」

ジョンユンの声は期待に満ちていたけれど、すぐには答えられなかった。出来上がったパスタを盛って食卓に運んでから、やっとこう言った。

「いや、なにかお祝いがいるかなって」

「いいよ、お祝いは会費で買うことにしたから。ベビーシートがほしいんだって」

ジョンユンは私の顔色をうかがうようにしながらパスタをフォークで巻くばかりで、なかなか口に運べないでいた。私がわずかな隙を見せるのを待っているのだ。

どうってことない、そう思うこともできた。ジョンユンとの関係は誰に認めてもらう必要もない、私たち自身が証明しているのだから。私たちが強い絆で結ばれていることは、私自身が知っている。それなら、ある種の意地はこのあたりでやんわり捨てたほうがいいのではないか。いや、貫き通すべきではないか。たとえば、誰かの子どもの一歳のお祝いに同席するというかたちで。それにしても、一歳のお祝いって最近もみんなやってるの？

「あ、そうそう。スジさんが結婚するみたいよ」

「え？」

ジョンユンは、昨夜ポストから取ってきたのだと、食卓の隅に置かれた公共料金の請求書のあいだから白い封筒を抜き出した。サイズと質感からして、招待状であることは明らかだった。受取人の欄に私とジョンユンの名前が並んでいる。差出人はチョン・スジ。

私が人の結婚式に出なくなったのは、ミナのせいだ。

大学を休学して公務員試験の勉強をしていたときのこと。私は携帯電話も持たず、毎日十五時間机に向かい、ジョンユンとしか顔を合わせていなかった。そんなとき図書館で、高校の同級生ミナと鉢合わせた。卒業以来初めて会ったミナは教員任用試験の勉強中で、私たちの日々の過ごし方は、大学受験を控えた高校生のころとなんら変わらなかった。昨日と今日に一ミリの差もない毎日を、共に耐え抜く友人が必要だということまで。

私が眠気と闘っていると、ミナが自販機のコーヒーでも飲もうと誘ってくれる。反対にミナが船をこいでいるときは、私が飴やガムを差し出す。カップラーメンを食べたり、動画で講義を聴いたり、裏紙に模擬テストの問題をプリントしたりしながら、どちらからともなく誰にも言えない胸の内を明かし合った。人里離れた基地で研究に打ちこむ唯一の同僚のように、深夜の大海原で明かりを瞬かせ合う二隻の小船のように。仲間がいてよかったと思いながら。

ミナは試験に一発合格し、私は翌年も苦杯を嘗めた。ミナの結婚式は、公務員試験を受けた日の翌日だった。私は知らなかった。

試験会場からの帰り道ですでに不合格を予感し、待ってくれていたジョンユンにあきらめて就活すると宣言しながら悔し泣きした。ジョンユンはおつかれさま、と私を抱きしめてくれた。翌日はゆっくり起きて、溜まりに溜まった既出問題集と理論書を捨てた。その翌日は髪を切り、またその翌日はレーシックの手術を受けた。

濃いサングラスをかけて病院を出た私は、思いがけずミナと出くわした。韓服《ハンボク》姿のミナは、隣に立っているこれまた韓服姿で果物かごを携えた男性を夫だと紹介した。新婚旅行から戻り、両親のもとへ挨拶に向かっているところなのだと。ミナが自分の荷物を夫に預けて先に行かせると、彼はすぐ目の前の三階建ての建物へ入っていった。夫が視界から消えるのを待ってから、ミナは振り向いて私を見つめた。さあ始めようというように。

「寂しいじゃない。なんで黙ってたの？」

「勉強してるのに、気を遣わせたくなくて。試験、どうだった？」

「友達が結婚するのに、気を遣うもなにもないでしょ。せっかくのお祝いごとなのに」

「違うよ、そうじゃなくて……」

ミナは言葉を止め、辺りをうかがった。平日午前の住宅街は閑静このうえない。ときどき遠くでバイクの走る音が聞こえるだけだ。ミナの両親、あるいは夫が耳を澄ませれば、三階のベランダからでも私たちの声が聞こえるのではないかと思われた。

「そうじゃなくて、ウンジュにとっては結婚って、すごく複雑なものでしょ？　だから、大事なときに余計なことを考えさせたくなくて黙ってたってこと」

ミナはラップでも刻むように早口に言うと、悪いけどもう行かなきゃ、と言って背を向けた。その言葉の意味を消化できないまま、私はしばらくその場に立ちつくしていた。

ミナと私は閉館時刻まで図書館で勉強してから、一緒に帰宅の途についたものだった。ある日の帰り道、ミナはこんなことを口にした。結婚式やお葬式の場で近況を尋ねられ、勉強中だと答えるとみじめな気分になるのだと。まだぶらぶらしているのか、スタート地点にも立っていないのかと言いたげな視線にさらされ、水を飲んでも胃もたれしそうなのだと。うまくいくよ、なんて言葉は聞きたくもないと。そして別のある日、私はミナに言った。自分はレズビアンだと。

どこかの家から笑い声が洩れてきた。ミナの名前を叫べばミナの耳に届きそうだと思った。でも、くだらない考えだ。もうしばらくそこにいてから、ゆっくり歩きだした。麻酔がきれたのか目がひどく痛み、泣きながら歩いた。

ミナが私のカミングアウトになんと答えたのかは覚えていない。なにも言わなかったか、言わないも同然の返事だったのだろう。当時はそれが嬉しかった。それをミナの思いやりと受け止め、テストに合格させた。ミナもそれを望んでいるものと信じて。その思い違いの代償を払わされているような気分だった。

それからは誰の結婚式にも出たくなかった。招待状をもらっても、招待されていると思えなかった。それなのに、スジからの招待状とは。スジの結婚式とは。夢にも思わなかったことだ。私が初めてカミングアウトした人。それを心から後悔した人。それがスジだった。


仏文科の新入生代表だったスジとは、メーデーの行進で初めて会った。すらりと背が高く、その倍以上ある旗棹を握っていた。棹の先でいまにも空を覆いつくしそうにはためいている赤い布が仏文科の旗だった。ほとんどが女子学生で、唯一女性教授がいる学科でもあった仏文科からは、多くの参加者が集っていた。そのためか自然と、仏文科が全学生を率いるように先頭に立っていた。スジはいちばん前で、時折吹きつける風で旗が大きくばたついても、一度も歩みを止めず一定の速度で歩いた。その日の行進は、首都圏の大学生が集まるイベントのためのパフォーマンスにすぎなかったのに、スジは戦場に出陣する先鋒のように勇ましい顔をしていた。仏文科の旗には白い文字で〈無退〉と書かれていた。スジは完璧な旗手だった。

国文科からメーデーの行進に参加したのは、私が入っていた社会科学サークルのメンバーだけだった。たったの四人。それさえも、サークルのリーダーだった大学院の先輩に半ば脅しともいえる誘いを受けてのことだった。しかも、私はその日の行進が終わったら、打ち上げの席でサークルを辞めると言おうと決めていた。新入生に配られたサークルの活動計画書に、テーマ本として『イガリアの娘たち』が挙げられていたから加入したのに、その中身は想像していたものとはまるきり違った。発表は陳腐のひとことに尽き、討論はいつも悲観的な結びで終わった。サークルの主な活動は、誰かがつぶれるまで終わらない飲み会だった。無礼で安っぽい言葉が、ぶつかり合うグラスの上を飛び交った。不真面目な態度のせいで指導教授の信任を失ったその先輩は、論文を完成できなかったのも、奨学金の審査に落ちたのも、すべて社会のせいだとくだを巻いた。

「気をつけたほうがいい。社会に流されちゃおしまい。なにもかもおしまいなんだから」

先輩からは歩くだけでいいと言われていたものの、行列は集結地である市庁前広場に差しかかるなり、さまざまな舞台イベントに加わりだした。人波のなかで顔を上げると、空を埋めつくしている大学や団体の旗が見えた。目印もなく歩いていた社会科学サークルのメンバー四人は、いつの間にかお互いを見失っていた。私はあてもなく人混みを縫って歩きながら、ふと目的地を決めておくべきだという気になり、ちょうど目に映ったのが仏文科の旗と旗手、スジだった。

スジはミネラルウォーターと海苔巻き《キムパプ》を配っていた。私は仏文科の学生に挟まれるようにしてそれを食べ、仏文科のスローガンを叫び、仏文科の行列に交じって学校前まで戻った。

「打ち上げ、行かないの？」

「仏文科じゃないから」

私は、スジが自分を同じ科の学生だと勘違いしたのだと思った。

「知ってる。一緒に歩いたんだから、打ち上げにも来れば？」

爽やかな笑顔が、旗を掲げているときとはまったく違う印象を与えた。私はスジに連れられて、学校前に一軒しかない伝統居酒屋に行った。ドンドン酒《ジュ》の甕とねぎチヂミ《パジョン》が並ぶ座敷でテーブル越しに見たスジの瞳は、薄茶色をしていた。学科のジャンパーに合わせた赤いキャップの下から、ショートカットの髪がピンピンはみ出している。うすいそばかす、メンズ用のメタルウォッチと並んでいる年季の入った皮のバングル、節ばった指と短く切りそろえられた爪。スジが箸を動かすたびに、私はその様子を盗み見た。高校の校則どおりおかっぱに切ったまま伸び放題になっていた自分の髪が、改めてダサく思われた。

スジは私より四つ年上だった。通っていた大学を自主退学し、受験しなおしてこの学校に入ったのだそうだ。仏文科で学科長を務める教授のためだった。その教授のもとで共に学びたかったのだと言うスジの顔は上気していた。お酒のせいじゃない。その日私たちは、打ち上げが終わるまで一滴も飲まずに語り合った。スジは最初の瞬間から、私と気が合うと感じていたらしい。私はその言葉を信じなかったけれど、スジを喜ばせたいとは思った。だから、自分もそうだとうなずいた。

ところが、スジの言うとおりだった。私たちは同じ小説が好きだったし、同じ映画について感想文を書いた過去があった。服や靴、アクセサリーの好みも似ていた。私が社会科学サークルを辞めたと知ると、スジは自分が所属している、学部を問わないサークルへの加入を手伝ってくれた。共通の関心事について英語で話すサークルで、メンバーが全員女性だったため、正式名称である〈英語討論サークル〉ではなく〈女性サークル〉と呼ばれていた。ショートカットのうまいヘアサロンも紹介してくれた。

「女性のためのショートカットでもなく、男性がするショートカットでもない、ただのショートカット」

スジの表現に、私も店長も大笑いした。私たちは正門前のマクドナルドの二階でビッグマックを食べ、ドリンクのふたの裏に絞ったケチャップにフライドポテトをつけて食べながら、予想とは似ても似つかない大学生活についてとめどなく語らうのが好きだった。

一学期の期末テストが終わり夏休みに入ると、缶ビールを手に清渓川《チョンゲチョン》を歩いた。スジはある日、自分の尊敬する教授に愛想が尽きたと言った。期末テストの問題も、自分の答案への教授のコメントにもがっかりしたと。「ふざけんなよ」そう言うスジは、初めて会ったとき、旗棹を手に勇ましく歩いていたときの表情、目が離せなかったあの表情をしていた。私は、自分がこんな顔をするとしたらどんなときだろうと考えた。よくわからなかった。

「あんな人だなんて思わなかった」

「どんな人？」

「先生先生って呼ばれていい気になってる人」

自分は絶対にそんな人間になりたくないと、スジは言った。私はよく理解できないままうなずいた。

「うん、スジならできるよ」

夏休みのあいだ、私はスジに連れられて学外のさまざまな講座を聴いて回った。そのうちの一つが〈クィア理論入門〉だ。スジの前ではなにげないふうを装っていたけれど、私は講座が開かれる地下のオフィスに踏み入った瞬間から、自分の行動を逐一意識するあまり息もつけないほどだった。鞄からボールペンを出すのも、まばたきするのも、つばを飲みこむことさえも緊張した。自分があまりにレズビアンじみてないかと。あるいは、レズビアンらしくないのではないかと。

結びに講師が言った。

「怖いのは、私たちが知らないからです。知っていれば怖くありません。他人についても、自分についても」

私はその言葉をダイアリーに書いた。自分が想像できていなかった、そのために怖かった他人について考えながら。隣のスジもせっせとなにか書きつけているのが見えた。

外へ出ると、雨粒が落ちていた。スジも私も傘を持っていなかった。

「濡れちゃおうか？　にわか雨だと思うし、傘を買うお金でビールでも飲もう」

スジが言い、私たちは向かいに見えるビアホールを目指すことにした。目の前の横断歩道を渡るだけだったので、軒下で信号が変わるのを待ってから走ることにして。

「話したいことがある」

衝動的に放った言葉だった。でも、長いあいだ待ちつづけた衝動でもあった。スジは、なんでも聞くけど、ここじゃなくて店に着いてからにしようと言った。ちょうど自分も話があって、今日なら言えそうだと。

「行こう」

横断歩道を渡っているあいだに雨脚はひどくなり、店に着いたときにはふたりともびしょ濡れだった。

ビアホールは外れだった。生ビールはぬるく、炭酸が抜けていた。湿気たスナック菓子が盛られたプラスチックの器は、縁がべたべたしていた。乾き物を頼むと、半ば焦げた干物が二尾出てきた。誤ってこぼしたかのようなピーナッツを数個添えて。私はナプキンの角を意味もなく折ったり開いたりしながら、タイミングを計っていた。

スジは頬杖をついて窓の外を見ていた。雨はすぐにはやみそうにない。私は、この夜が過ぎればどんな朝が来るか、新しい朝を迎えてもこんなふうに向き合って話せる自分たちでいるためにはどんな言葉を選んだらいいかと慎重になっていた。スジが言った。

「私たち、付き合わない？」

私は驚いて、持ち上げかけたグラスを置いた。

「なんで？」

言ってから、なんてバカなことを、と自分を責めた。

「お互いをよく知ってるし、気が合うから」

スジがグラスを持ち上げて、ゆっくりとビールを飲んだ。その様子を見つめながら、スジの言う〝付き合う〟の意味を考えた。どこまで本気なのかわからない。冗談ならどんな言葉を返せばいいのか、本気ならどう答えればいいか。人の気も知らずに、スジが続けた。

「よく言うでしょ。女性だから好きになったんじゃなくて、好きになった人が女性だったんだって。それなら、女性が好きだからじゃなくて、好きになろうと決めた相手が女性だったってこともありうるんじゃないかな。ウンジュが相手ならできそうだよ、私」

「どういうこと？」

胃がむかむかした。心臓が飛び跳ねていた。手が震え、頭に血がのぼった。屈辱を感じた。私が聞きたかったのは、聞こうとしたのは、そんな言葉じゃなかった。

「今日の講座を聴いてて思ったんだ。恋愛も生き方のひとつなんだから、自分のことをよく知ってれば、いくらでも選択できるんだって」

スジの目は確信に満ちていた。自分ですべてを選択できると信じている人の顔。同じ場所で同じ話を聞いていても、私とは気づくところが異なる人、私とは明らかに違う人の顔。

「だから……私を好きになるって選んだ、そういうこと？」

「そうできるってこと」

「どうして？」

あんたはできないの？　スジの目にも疑問がよぎるのが見えた。自分を理解できない相手を理解できないふたりが見つめ合っていた。私たちが唯一似ていた瞬間。それから悟った。初めて会った日、自分が見つけたと信じていたスジは、私の願望に過ぎなかったのだと。私を映しているスジの瞳はあの日と変わらなかった。変わったのはそこに映っている自分だった。

そして私という人間は、自分が選択できないものについて知っていた。

「言ってることが理解できない。一から十まで。なにをどう考えようと自由だし、なにに気づこうと勝手だけど、私を利用しないで」

「利用？　そんなつもりじゃないよ」

スジがテーブルの上に手を伸ばして私の手を握った。私はその手を払いのけた。

「私、レズビアンなの。だから、バカも休み休み言ってくんない？」

その日、ひとりで店を出た私は地下鉄の駅まで歩きながら、雨に打たれっぱなしになっている自分をよけて歩く人々の合間でつぶやきつづけた。バカ言わないでよ。ほんとに、バカ言わないでよ。

その後、私はスジからの連絡を無視した。休みが明けても学校に行かなかった。スジが卒業するまで休学するつもりだった。休学して一年ほど経ったころ、スジがフランスに交換留学に行ったと聞いた。それからひと学期を挟み、スジがいないと確信できてやっと復学したのだった。ほかに行き場もなく、再びサークルに顔を出しはじめた。そこで、私が休学しているあいだに新たに入会していたジョンユンと出会った。

ジョンユンはひと目で私を見抜き、気に入ったのだとも言った。

「先輩、付き合ってる人いるんですか？　ガチで私の好みです」

人生で初めて女性からアタックされたのだった。ジョンユンはどこまでも直球スタイルで、私は自分でも知らないうちにそんな人を、ジョンユンをずっと待ちつづけていたのだった。間もなく私たちは交際を始めた。

　私の卒業後、ジョンユンは復学したスジと一時親しくしていたが、その関係も次第に遠のいた。そうなることはわかっていたので、スジについてあえて詳しく話すことはなかった。ずっとそばに置いておくには難しい人。誰にでも気さくに話しかけて親しくなるものの、必要だと思えばどんな言葉でもぶつけてしまうという点で。そんなふうに傷つけられてこちらから離れても、折に触れてふと思い出してしまうやさしい眼差しを送っておいて。いざスジ本人は、そんなことにはまったく興味がないという点でも。

「スジさんの結婚式は一緒に行くよね？」

　どう言えばいいだろう。もう少しでスジと恋愛まがいの関係になるところだったと、好きになったのではなく、好きになろうという試みがなされるところだった……なんて言えるわけもない。それはちょっと違う気がする。

　最後にスジに会ったのは、ジョンユンの卒業式でのことだ。その日、ジョンユンと私がふたりだけで映る一枚きりの写真、それを撮ってくれたのがスジだった。写真を見るたび、心がもやもやした。角帽をかぶったジョンユンは晴れやかな笑顔を浮かべているが、私は硬い表情でジョンユンとぎこちなく腕を組んでいる。その瞬間をぶち壊しにしたのは自分ではなくスジだ、と私は思った。どういうつもりかジョンユンの卒業式にやって来て、やぶからぼうに写真を撮ってあげるとカメラを構えたスジ。

「ジへの息子の、ソジュン君？　一歳のお祝い、いつって言ったっけ？」

「ソジュンじゃなくてハジュン」

ジョンユンが、食器の泡をゆすぐために蛇口を上げた。水の音と食器のカチャカチャいう音でよく聞こえなかったけれど、ハジュンがいかに母親似で、どんなにかわいらしいかという話のようだった。ジョンユンと親友たちのチャットルームは、朝から晩までそういう写真や動画であふれかえっている。結婚記念日にもらったというブーケ、海外から取り寄せたというロボット掃除機、皮のソファにコーヒーをこぼしたらどうするかなどといった、見解に差が出ない話題。

そういう話をしてくればいいのだ。赤ちゃんの健康を祈り、タイミングよく拍手し、目の前の料理をつまみながら短い感想を述べる。スジの結婚式にくらべれば、ハジュンの一歳のお祝いのほうがずっと楽だろう。

「オッケー、行こう」

ちょうど洗い物が終わり、ジョンユンはびっくりしたような顔で、ゴム手袋をはめたまま近づいてきた。

「ほんとに？」

「うん、行こう」

「スジさんの結婚式も？」

不屈の精神。ジョンユンは招待状が入った封筒を破りながら意味深に笑った。どうか一歳のお祝いと結婚式が同じ日でありますように、そして仕方なく一方――当然だがスジの結婚式――には行けなくなることを祈った。

「ハァ……ん？」

ため息と戸惑い。期待していた反応と予想外の反応。

「同じ日なの？」

「えーと、そうなんだけど……」

ジョンユンに見せられたカードは、結婚式の招待状ではなかった。でも、それにしては華やかな金箔と型抜きがほどこされている。日時と場所、略図、そしてスジの名前と一緒に記された「非婚式にご招待します」という文章が美しい調和をなしていた。スジらしい。思わずそんな言葉がこぼれた。

ジへの息子ハジュンの一歳のお祝いに出ると決めてからのひと月、私たちは週末になるとデパートやアウトレット、ショッピングモールにせっせと足を運んだ。大げさすぎない、自然なペアルックを揃えるために。ジョンユンは目に留まるものをひととおり試着してぴったりくるものを選ぶタイプ、私は理想とする服を絵に書き細部の違いにも妥協しないタイプだった。ペアルックを選びながら、これまでのけんかを全部合わせた数よりたくさんけんかした。

そうしてやっと揃えた服で家を出るとき、ジョンユンはこれまでにないほど嬉しそうな顔をしていた。一緒に過ごした時間が長いだけに、知らない表情はもうないと思っていたのに。くすぐったい気分になって、ジョンユンの脇腹をくすぐった。こんなに喜んでくれるなら、結婚式にも一緒に出かけてあげればよかった。新居祝いは別として、結婚式ぐらいなら記念写真と拍手のために召集されるイベントと割りきれなくもない。ジョンユンの親友たちも、私のことをずいぶん気難しい人間だと思ったことだろう。いまになって自分の融通のなさが悔やまれた。

赤ちゃんへのプレゼントは、環境にやさしい素材だという、果物をかたどったウッドブロックにした。ジョンユンはブロックを一つひとつ消毒薬で拭いて乾かし、クルミオイルでぴかぴかに磨きあげた。レインボー柄のラッピングペーパーは狙ったものではなかったが、それなりのウィットと思えばまんざらでもない気がした。

電話が鳴ったのは、お祝いが開かれるホテルの駐車場に入ったときのことだ。カーナビを見誤るのが特技のジョンユンが、どういうわけかノーミスで右折と左折を果たし、おかげで早めに到着できた。入り口の発券機との距離感がつかめなかったときも、ジョンユンは苛々することもなく駐車券を取りに降りた。そのとき、私の膝の上にあったジョンユンのバッグが大きく振動した。ジョンユンに渡そうと携帯を取り出していたとき、間違って通話ボタンを押してしまった。張り詰めた声が車内に響いた。

「ジョンユン！　どこにいるの？　大丈夫？」

「ジョンユン？　聞いてる？」

「ごめんね、怒らせちゃったかな？」

「気まずかったら無理に来ることないよ」

ジョンユンがばつの悪そうな顔をこちらに向け、ゲートバーが警報音を鳴らしながら上がった。後ろの車が軽くクラクションを鳴らすと、ジョンユンはそそくさと運転席に戻った。


地下駐車場に車を停めてからジョンユンが見せてくれたのは、前日の夜に友人たちと交わしたチャットだった。ジへは選び取り《トルチャビ》［一歳を迎えた赤ちゃんの前にさまざまな物を並べ、なにをつかむかによって将来を占う儀式］のアイテムを巡っていまだに夫ともめていると嘆き、ミンジは子どもを預けて夫婦で参加する予定だから少し遅れるかもしれないと言い、グループの総務であるスジンは会費で注文したベビーシートがまさかの在庫不足だと伝えていた。ジョンユンはミンジに、車を夫の実家に停めて地下鉄で来てはどうかと提案し、最初にベビーシートを注文したサイトより少し割高ではあるが在庫のあるサイトのリンクを貼った。なにげない会話に波紋を起こしたのはジヨンだった。

――ジョンユン、ほんとにごめん。

活発にやりとりされていた会話が途切れた。ジヨンは土下座して手を合わせている猫のスタンプを送ってきた。

――まずいことになっちゃった。

――どういうこと？

――うちの旦那に、ジョンユンは恋人いないよって言っちゃった。明日、旦那が自分の友達を紹介するって声かけるかもしれないけど、うまく話を合わせてくれない？　ウンジュさんにも謝っといてほしい。

――はあ？

――カップルで集まるときも、ずっとジョンユンだけひとりだったでしょ……恋人いないのって訊かれて、思わずいないって答えちゃったんだ。いるって言えばしつこく訊いてきそうでさ……うちの旦那、敬虔なクリスチャンなの知ってるでしょ？

その後は残りの三人が、ジョンユンを差し置いてジヨンを責めだした。

――バカじゃない？　なんでそんな嘘ついてジョンユンを困らせるのよ。

――私みたいにうまくごまかせばいいのに。なんでいないことにしちゃうの。

――またやらかしたね。ジョンユン、あんまり気を悪くしないで。

――ちょっとジヨン、ジョンユンに会ったらちゃんと謝りなさいよ。

ジョンユンはずいぶん経ってからこう送った。

――悪いと思ってるなら、明日旦那は置いてきたら？

――無理だよ。一緒に行くことになってるのに。

――じゃあ、あんたも欠席。

――明日の主役はジヘでしょ。うちの旦那もジヘの旦那さんとは顔なじみだし。ねえ、明日はひとりで出席ってのは無理？

チャットの会話はそこで途切れていた。

「行くの、よしたほうがいいかな？」

軽い調子で言おうとしたのに、喉が詰まっておかしな声が出た。ジョンユンが首を振った。お互いを抱きしめ合う必要などなかった。慰めが必要なわけではないとわかっていたから。車を降りて、お互いの身だしなみを整え合った。腕を組んで、エレベーターに乗った。

お祝い会場のロビーは、色とりどりの風船で飾られていた。奥のほうから笑い声が聞こえてくる。私たちは、赤ちゃんの写真が並ぶ入り口脇のテーブルに、持って来たプレゼントを置いた。そして、その前で一枚だけ自撮りをした。そのまま階下へおりるエレベーターのなかで、ジョンユンはグループのチャットルームにその写真を上げた。

帰りは私が運転した。携帯が何度か鳴ったけれど、ジョンユンは視線を窓の外に向けたままだった。私はジョンユンから聞いた話を思い出していた。トラ、ウサギ、クマ、タヌキ、ペンギン。ペンギンがジョンユンだった。どうしてよりによってペンギンなんだろう。そんなささいなことまでが意味深に思われ、腹立たしかった。

サイドミラーを見ようと顔を上げるたびに、しょんぼりしたジョンユンの姿が視界に入った。次回からは、一歳のお祝いだろうが結婚式だろうが新居祝いだろうが、必ず一緒に顔を出そうと思った。また誰かの子どもが生まれるだろうし、誰かは二度目の結婚式を挙げるかもしれない。ジョンユンの隣にぴったりくっついて、私たちの恋愛史を長々と語ってやろうと胸に誓った。

「あーあ、服がもったいないな。あんなに苦労したのに」

わざと明るい声でぼやくと、ジョンユンがため息混じりに笑った。

「ほんと。ウンジュ、二回も泣いたのにね」

「どっかで写真でも撮る？」

「やめとく。また着る機会があるでしょ」


予想より早く戻った家には、出発前の慌しさがそっくり残っていた。靴を脱いで靴箱にしまい、ゴミ箱に入れ損ねたティッシュペーパーを拾う。ジョンユンは食卓に座って飲み残しのコーヒーを飲んだ。私は、ジョンユンのお気に入りのレストランやカフェを思い浮かべた。今日をこのまま終えるわけにはいかない。

声をかけようとしたそのとき、ジョンユンが口を開いた。

「出かけよう」

「うん、どこ行こっか？」

ジョンユンが手に持ってぷらぷらさせて見せたのは、例のものだった。

「……本気？」

ジョンユンの指が、ある箇所を指し示した。スジから送られた招待状の封筒、受取人の欄に並んでいるジョンユンと私の名前。あっ。

私たちの名前のあいだにあるのは、中点ではなく小さなハートだった。

ねじ

Ｋはいつから私に背を向けて寝るようになったんだろう。ぐっすり寝入っているＫの背中に手のひらをあてる。人差し指で背骨をゆっくりとなぞってみる。Ｋは起きない。寝返りも打たない。このまま永遠に目覚めないのかも。ノックするように、Ｋの背中を叩いてみる。Ｋは眠りの世界にいる。とても遠いところに。私はＫに背を向け、Ｋの背中にそっと自分の背中をくっつけた。

もしかすると、先週の金曜日からかもしれない。アルバイトを辞めたと言う私に、Ｋは根気が足りないと言った。

根気？　なによ根気って。

私が声を荒らげると、Ｋは口をつぐんだ。その前の金曜日にも、私たちは反目し合っていた。アルバイトを始めたと言うと、Ｋがため息をついたからだ。

なに？　言ってみてよ。聞くから。

Ｋはかすかに唇を持ち上げながら私の目を見つめていたが、やがて顔を背けた。ねえ、言ってよ、と私がせがんだ。

目を閉じ、じっとKの背中に集中する。Kと自分の呼吸が並ぶように。息を止めたり、少し長めに吐いたりしながら。ふと思う。Kはいつでも私に背を向けて寝ていたと。

Kの寝顔が思い浮かばない。Kの体をこちらに向けて寝顔を確かめる代わりに、閉じたまぶたに力をこめる。絶対に目を開けてはならないというように。絶対に目を開けてはならないと言われたかのように。ねじを見つけよう、ねじ、ねじ、と、魔法の呪文のようにつぶやきながら。

椅子はベッドの脇にある。背もたれのない、丸い板に脚が三本ついた木の椅子。膝まであるかないかの、小さな古びた椅子。板は黄色、脚はそれぞれ赤、青、緑色だが、塗料は半ば剝げ落ちている。この椅子はいつからそこにあったのだろう。わかるのは、ずいぶん昔からということだけ。私がKに出会う前から、この椅子はKのベッドの脇にあった。

Kの家で同居するようになってから、私はたくさんの質問をした。どうして窓は左側しか開けないのか、タオルはどういうわけで青色ばかりなのか、食卓に丸テーブルを選んだ理由はなにか、グラスはひとつもなく分厚いマグカップしかないのは、洗い物をしているとき手が滑りやすいからなのか。Kは、なにかにつけ口出しする私をかわいいと言った。

お腹を空かしたスズメみたい。

私は嬉しくて、ますます小さなことにも鳴きしきった。

この椅子って子どものころから使ってるの？　特別な思い出でもあるの？

Kは平坦な声で、なんだろ、普通にあったから、と答えた。

Ｋの返事はたいていが、なんだろ、だったけれど、本当は言わないだけだとわかっていた。右側の窓を開けると不安がり、新調した白いタオルにも手を出さなかった。季節の変わり目に、気分転換になればと部屋の模様替えをしたことがあった。驚かせようと思い、Ｋが帰宅する前にせっせと動いた。枕元にあった椅子を足元に動かし、スタンドライトを置いた。シャワーを浴びているあいだに、Ｋは私が半日かけて動かした家具をすべて元の場所に戻していた。

浴室から出ると、Ｋが立っていた。頭に巻いてあったタオルをほどき、濡れた髪を拭いてくれた。私はそしらぬふりをしながら室内に目をやり、そして悟った。机にも、食卓にも、そしてその椅子にも決まった場所があるのだと。そして、Ｋの家でまだ居場所を見つけられていないのは自分だけであることも。

Ｋはその椅子に、読みかけの本を置いていた。しおりの代わりにティッシュを一枚はさんで本を閉じ、椅子に置いてから、眼鏡を外してその上にのせる。ヘッドボードにもたれて本を読み、眠くなると目をこすりながら本を閉じ、手を伸ばして椅子の上に置くのだ。それは、無駄なく完璧に技を決める体操選手の動きを想わせた。躊躇のない直線、なめらかな放物線。

ねじはその椅子の、青色の脚を固定するものだった。

今日のＫは本ではなく、明日会う顧客についての書類を読んでいた。私はＫの肩に顎をのせたり、Ｋの脛を枕代わりにしたり、腕や脚をＫの体にひっかけて鼻歌を歌ったりした。Ｋはずいぶん軽い物をのせているかのように、私の重みなどちっとも感じていないかのように、まるで私なんかいないかのように、パラパラと書類をめくっていった。

ねえねえ、一週間ぶんのお給料はもらえるかな。少なくとも一週間は、遅刻も欠勤もせずにしっかり働いたんだよ。そのぶんはもらえるかな。

Kはあくび混じりに言った。

雇用契約書は書いたの？

私はKの手から書類を奪った。

眠たい？　眠たいならもう寝よう。

大事な仕事だから。

Kが私の手から書類を取り返した。

また事故があって。

事故の話なら、前にも聞いたことがある。布を裁断する工場で、一週間に同じ裁断機で三度も事故があり、三人とも同じような怪我を負ったそうだ。同じ病院で同じ診断を受け、横並びにベッドに横たわっている三人。

これで四人目。

Kは保険会社で審査官を務めている。Kの顧客は、信じがたい事故に遭った人たちだ。どうしたらそんなことが起こりうるのかわからないけれど、起こってしまった出来事。

ビアホールのホールスタッフだよ、契約書を書く人なんている？　カフェでもコンビニでも、そんなの書いたことないよ。ていうか、そんな契約書自体見たことない。

Kが、今度はあくびをせずに言った。

書かなきゃだめだよ、それは。

Kはそういう義務表現をよく使った。私は、雇用契約書を書かなければ絶対にバイト代をもらえないのか、それなら、これまで契約書なしにバイト代をくれた店長たちは特別善い人たちだったのか、そう訊く代わりにKにキスした。Kは避けようとも受け止めようともしなかった。

それで、その裁断機はどうなったの？

ずっと使われてる。

四人も怪我したのに、性懲りもなく？

そうみたい。

アルバイト募集してないかな。

そう言いながらKの上に覆いかぶさり、Kの唇に自分の唇を重ねた。そのときだった。Kが私の腰を抱くためにしぶしぶ椅子の上に書類を置いたとき、青色の脚を固定していたねじがはずれて床に落ちた。

それは思わぬ墜落というより、意図された自由落下のように見えた。ねじはこの瞬間を指折り数えて待っていたかのように軽やかに床に着地し、ころころと転がっていった。私は、視界から消えていくねじよりも、久しぶりに熱くなっているKに視線を戻した。いつぶりだろう。ねじは明日の朝捜せばいい。ベッドの下かたんすの下、ドアの裏といった奥まった場所を。そう思いながら目を閉じた。

その女性は三つの保険に加入していながら、自分が被保険者になっているものはなかった。夫の名義で二つ、子どもの名義で一つ。彼女はたんなる契約者だった。保険料は毎月彼女の通帳から引き落とされていたが、夫と共に日雇いで働いていた建築現場で、天井にペンキを塗るために登ったはしごから足を滑らせたとき、彼女は半月ぶんの入院費をはじめいかなる補償も受けられなかった。

それに、三つとも傷害特約を付けてなくてさ。顧客には違いないんだけど、どうしてあげることもできないんだよねえ。

Ｋがたまご蒸し《タルギャルチム》をほじくりながら続けた。お客様相談センターで相談員をしているＹは高校の同級生で、構内食堂で偶然会ったのだが、子どものころから住みつづけているこの町にＹもずっといたようだと。集中治療室から一般病棟に移ったその女性はご近所さんなので、余計に気がかりなのだという話を聞かされたと。

ＫはＹとのランチの席で聞いた話をもういくつかしたが、どれも似たような内容だった。Ｙは情に厚くて涙もろいとも言った。

気持ちはわかるけど、疲れるよね。答えのない問題に取り組んでる人と目線を合わせるのは。一日中そんな電話に応じてるなんて、ほんと大変だろうなあ。

私はうなずきながら考えていた。いったいあのねじはどこへ行ったんだろう？

Ｋの出勤後に部屋中を捜したけれど、ねじは見つからなかった。掃除機をかけ、隅々まで雑巾がけまでしたのに。布団をまくり、ベッドカバーまで外してみたけれど無駄だった。もしかして見間違いだったんだろうか？　椅子は、ねじがなくてもしっかり立っていた。大事な部品じゃなかったのかも？　そう思い、椅子を揺すってみた。私を嗤うように青い脚がいとも簡単に取れ、脚を一本失くした椅子はごとんと床に倒れた。

　私は、犯行現場で証拠を隠滅しようと苦心する犯人のように、青色の脚を片手に持ち、もう一方の手で青色の脚があるべき箇所を支えたまま、しばらくうずくまっていた。どうして取れたんだろう。私は、Kの留守中にこの椅子に足をのっけて爪を切っていたことや、ラーメンの鍋をじかにのせていたこと、床掃除の際に邪魔だからと、椅子をあちらからこちらへと足で押しのけていたことを思い出した。椅子の脚を固定していたねじが少しずつゆるみ、とうとう取れてしまったのが、すべて自分の責任のように思われた。

　ピッ、ピッ、ピッ。玄関の暗証番号を押す音が雷鳴のように響いた。私は、椅子の板と床のあいだに青色の脚をそろそろとはめた。なんとかバランスをとらせて立ち上がると同時に、Kが部屋に入ってきた。

　なにしてんの？

　掃除。

　大掃除でもしたの？　ピッカピカじゃん。

　Kが服を着替えているあいだ、めまいがする思いだった。じわじわと痺れてくる脚を引きずってキッチンへ向かった。

たまご蒸しとたまご焼きを食卓に並べ、ツナ缶と海苔を出した。朝食はK、夕食は私、お昼はそれぞれに済ませるのがルールだった。洗い物はK、洗濯は私、掃除は交代でやった。

ひどいな、今日は。

Kが言った。

たまごスープも作ろうかと思ったんだけど。

私はごまかすように笑った。

今日はなんだかたまごが食べたくて。

Kがたまご焼きにかぶりついた。

時間も忘れるほど掃除に夢中だったとか?

火が通りきっていなかったのか、Kの口元に卵液が滴った。Kが顔をしかめる前に、さっとたまご焼きのお皿を取って電子レンジに向かった。

いや、次のアルバイトを探したりとかもあってさ。

〝十秒〟のボタンを三回、ピッ、ピッ、ピッ、と押した。

もう少し寝るね。なんか眠くて。

出勤するKの背中に向かって余計なことを言った。聞こえなかったのか、聞こえていても気に留めなかったのか、Kは黙って玄関を出ていった。ドアが閉まり、廊下を歩いて階段を下りていくKの足音が遠ざかるのを待ってからシャワーを浴びた。ビアホールのアルバイトを辞めて以来、初めての外出だった。この一週間でずいぶん暖かくなったようで、家を出ていくらもしないうちにシャツの下を汗がつたった。

金物屋は四つ辻の横断歩道を渡って最初の路地にある。いつだったか、そこでトイレの電球を買ったことがあった。店内はそこらじゅうにこれでもかと物が積み重ねられ、人ひとりがやっと通れるくらいの小さな迷路のようだった。入り口側は扉も壁もガラス張りなのに、物で光が遮られているせいで薄暗くひんやりしていた。あそこならねじの一本くらいすぐに見つかるだろう。ただ、なんとなく気が進まないのは、金物屋の手前の四つ辻、そこに一週間だけアルバイトをしていたビアホールがあるからだ。

ビアホールには店長が三人、アルバイトが三人、厨房スタッフが一人いて、テーブルは二十五卓あった。同じ会社に勤め、同じタイミングで名誉退職［韓国では四十代で企業を早期退職する人が多く、後進に道を譲るという意味でこう呼ばれる］した三人の店長は退職金を合わせてビアホールを開店し、日替わりで店に出た。アルバイトのうち一人は開店準備をし、二人は店じまいをした。店長の一人がクリスチャンなので、日曜は営業しない。

背の高い店長はアルバイトに店を任せてビリヤードを打ちに行き、頭の薄い店長は洗い物のやり方にうるさかった。色黒の店長は営業中ずっと、一番テーブルでビールを飲んでいた。ある店長は笑うとき必ず唾を飛ばし、ある店長はいつも顔をしかめていて、ある店長はよくくしゃみをした。出勤初日にレジカウンターに座っていた店長は私を客と勘違いして、いらっしゃいませ、と言った。日曜日に教会に通っているのはどの店長だったのだろう。

厨房脇の倉庫でユニフォームに着替えるとき、ビールの空き瓶を両手に持ってレジカウンターのそばを通るとき、客が食べ残した干しイカの足を一本拝借するとき、腰に巻いたエプロンのひもがほどけたとき、店長の一人が私のお尻を触ったり、笑えない下品な冗談を口走ったりするようなことは起きなかった。彼らは私に興味がなく、客にも、ビアホール自体にもさほど関心がなさそうだった。体を動かす段になると必ず、うめき声ともため息ともつかない声を洩らした。

代わりに、三日連続で絡んでくる客がいた。仕事ももたず、家族もいないとされていたその男は、いつも近所の誰彼をつかまえては、おべっかをつかって酒にありついていた。アルバイト二日目、男は新顔の私に、名前はなんというのか、年はいくつか、どうしてビアホールで働いているのかとしつこく訊いてきた。男がすでに酔っ払っていたため、私は適当に答えた。名前はキム、年は三十三で、父親を見つけるためにお金を稼いでいる、なんて具合に。

男が去り、テーブルを片付けていると、その日の店長に呼ばれた。彼はお得意さんでこの辺りに知り合いも多いから、丁寧に応対するようにと言われた。次の日、男は私を呼んでテーブルの横に立たせ、歌を歌った。歌えと命令されたなら怒ることもできたけれど、自分の歌を聞いていろと言われるとどうしていいかわからなかった。歌が終わり、彼の仲間につられて拍手をすると、その日の店長に叱られた。ああいう客は放っておけばいいのだと。

三日目、男はチップだといって一万ウォン札を私の手に握らせ、それを握る私の手を長いこと握り締めていた。一万ウォンぶん握っていようという魂胆だろうか、と考えた。やんわりと振り払うべきか、顔に一万ウォン札を投げつけてやるべきか悩んでいたとき、その日の店長が近づいてきた。これはこれは、とぺこりとお辞儀をし、どのくらい飲んだのか、今日はなにかいいことがあったのか、つまみはじゅうぶんか、と言いながら私の手を逃がしてくれた。そして、男のテーブルにお通しのピーナッツと海苔を持ってくるように言った。

男と仲間たちが踊るような千鳥足で出ていくと、店長がやってきて五千ウォンを差し出した。そして、男からもらった一万ウォンを出すように言われた。

その翌日は別の店長が出てくるはずだったが、用事ができたからと、昨日私から五千ウォンを巻き上げた店長が店に出ていた。彼は、今後も客になにかもらったら必ず自分に報告するようにと言った。ビールジョッキを運ぶあいだも、チキンの注文を聞くあいだも、テーブルの下に落ちたフォークを拾うあいだも、しきりにその言葉が思い出された。なんてことないと思う一方で、耳にこびりついて離れなかった。仕事からの帰り道、〝店長〟と保存してあった番号にメッセージを送った。

――辞めます。

三人のうちどの店長に届いたのだろう。返事はなかった。

家に着いてアルバイトを辞めたと告げると、Kが言った。

我慢する気がないだけでしょ。どんな仕事にしろ、なんとしてでもやり抜かなきゃって気持ちがないと。根気が足りないんだよ。そんなんじゃなんにもできないんじゃない?

その日出てきたのがほかの店長だったなら忘れられたかもしれない。いっそ一万ウォンそっくり巻き上げられていたなら。あたかも共犯者にこっそり合図するように笑いかけられていなかったなら。そう説明する代わりに、私は口を閉じた。

ビアホールはまだ営業前だった。アルバイト募集。平日・週末勤務。日曜休日。

真面目で長期間勤められる方。そう書き加えられた部分は、少し右肩下がりになっていた。

金物屋は閉まっていた。看板も店内の照明も点いている。鍵のかかった扉を押したり引いたりしていると、どこからか女の人が現れた。濡れた手をズボンで拭きながら、いらっしゃい、と言い、ポケットから鍵を出して扉を開けた。

ねじはありますか？

どんなねじ？

小さめの。

どのくらい小さいの？

さあ。けっこう小さいんですけど。

はっきりしてくれなきゃ。小さいやつはほんとに小さいからね。目に見えないくらい小さいねじもあるんだから。大体これくらい、ってのもわからない？

たぶんこれくらい、と親指の爪を見せた。女の人は片隅に積まれている箱の合間から黄色いビニール袋を引っ張り出し、そこからねじを三つ出して、このなかにありそうかと訊いた。見てもよくわからず、わからないと答えた。思い浮かぶのは、ころころ転がっていたねじの軌跡だけ。いや、それさえもぼんやりとしている。右回りだったっけ？　それとも左回り？　はっきりしなかった。

大体このぐらい？

はい、たぶん。

じゃあ三つとも持ってって、合わなかったら交換しに来るといいわ。

どれかは合いますよね？

おそらくね。ねじのサイズは決まってるから。

三つのねじをポケットのなかでまさぐりながら店を出た。一つは少し細く、残りの二つは長さが異なる。元来た道を戻ろうとして、ビアホールの前を通りたくないと思い方向転換した。ちょっとくらい遠回りになってもいい。

小学校の塀沿いに、モクレン、サクラ、レンギョウ、サツキがわれもわれもと咲き誇っている。順番も待たずに一気に咲いたようだ。サツキの白がまぶしすぎて、モクレンの花びらが褪せて見える。白いサツキの合間にピンクのサツキもある。去年の春、夜ごと運動がてらにKとこの道を歩いた。

サツキとツツジの見分け方、知ってる？

ツツジは花が咲いてから葉が出て、サツキは葉が出てから花が咲くんじゃなかった？

Kが携帯で検索した内容を見せてくれた。

もっとはっきりした違いがあるよ。

私は花房をちぎってKの口に突っこんだ。

見ていて花煎《ファジョン》［花びらのチヂミ］が食べたくなったらツツジ、じゃなかったらサツキ。

塀の向こうでは、ホイッスルの音に合わせて子どもたちがボールを蹴っていた。ゴールキーパーはおらず、ゴールの前にボールを置いて一列に並び、先生がホイッスルを吹くたびにひとりずつ助走をつけてボールを蹴り終わると、列のいちばん後ろに回る。どの子も体がよろめくほど力いっぱいキックするのだけれど、ボールはネットを揺らすことはおろか、ゴールラインを割るのもやっとだ。子どもたちは自分の蹴ったボールの行方を見届けることもなく、タッタッタッと走っていって最後尾に並んだ。どのボールも似たような距離で止まってしまうせいで、しまいにはビリヤードボールのようにお互いを押し合った。

小学校の隣にはコンビニが、コンビニの隣には薬局が、薬局の隣には美容院が、美容院の隣には小さなカフェがある。そのカフェにＫがいた。Ｋの向かいに座っているのはＹじゃないかと思った。渡らなくていい横断歩道を渡った。

ねじはどれも合わなかった。合っているかと思いきや、回しているうちに違うことがはっきりした。三つのうち細いねじは微妙に空回りし、残りの二つは大きすぎて入らなかった。細いものと残り二つの中間ぐらいのねじがあればいいのに。どうしてそのねじはくれなかったんだろうと、金物屋の女の人が恨めしくなった。大きすぎるねじのうち、短いものを無理やり突っこんで回していると、穴から木屑がこぼれてきて仰天した。間違った場所に無理やり収まっているそのねじに、Ｋならすぐに気づきそうだった。

三つのねじを手のひらにのせ、ベッドに腰かけて考えた。今日はもう疲れたから、金物屋には明日行こう。このねじとこのねじの中間のサイズをもらおう。いまや青色の脚をはめてバランスをとることにも慣れ、椅子は一見なんともないように見えた。

　ねじを胸ポケットにしまい、シャツを脱いでハンガーに掛けた。Ｋが昨夏に買い、いまは着なくなったＴシャツを出して着た。Ｋはサイズの合わない服を買ってしまったときも、交換したり返品したりはせず、無理して何度か着るとすぐにたんすの奥に突っこんだ。おかげでそういう服は私に回ってきた。このＴシャツは三回くらい着ただろうか。袖の部分がまだぱりっとしていて、新品みたいだ。夕食はたまご料理以外を、と思いながらうっかり居眠りしてしまった。

　ねじ、と叫びながら起きたかもしれない。私は鼻白んだ。夢のなかで、私はまるで鬼ごっこでもするかのようにねじを追いかけていたのだ。Ｋが帰宅する時間が迫っていて、あたふたと魚の辛味スープ《メウンタン》を作った。幸い、冷凍庫に魚があった。厚切りのダイコンを加え、刻みニンニクと粉唐辛子、カタクチイワシの魚醤で味を付けた。セリはＫの好物で、冷蔵庫に常備してある。Ｋと同居するまでは、セリとほかの青物野菜との区別がつかなかった。市場で悩みに悩み、セリはどれですか、と聞いて、今日は入ってないね、と言われたこともある。それがいまは、セリの下ごしらえをしているときにカタツムリを見つけても、そっと家の前の花壇に放してあげられるまでになった。

　明日は金物屋で合うねじを見つけてから市場に行こう、あの女の人にどうして最初からそれを出してくれなかったのかとガツンと言ってやろう。そんなことを考えているあいだに、スープがぐつぐつと煮立った。Ｋはスープが冷めるころになっても、温め直して煮詰まるころになっても帰らなかった。ひとり食卓に座って、ほかのおかずは取り出さず、しょっぱくなったメウンタンと冷えたごはんを食べた。洗い物を終えたころになっても、Ｋは帰ってこなかった。なんの連絡もなく。電話をかけようとして、夜勤中かもしれないと思った。メッセージを送ろうかとも考えた。でも、もしも会社の食事会かなにかでなかなか返事が来なかったら、つらいのは自分だけだと思ってやめた。黙ってＫを待った。

Ｋは日付けが変わったころに帰宅した。鶏の丸焼きの袋を提げて、ご機嫌な様子で。いつもなら会社の食事会のあとはぶすっとしていて、声をかけても苛々した反応しか返さないＫが、ごめん、飲んできた、とっととシャワー浴びて寝なきゃ、と浴室に入っていった。浴室の前に置かれた鶏の丸焼きの袋には、知らない店名があった。

明日、メウンタン食べる？

私の声はシャワーの音でかき消されたのか、Ｋは答えない。

ねえ、明日の朝、メウンタン食べる？

Ｋが言った。

なに？

シャワーの音が消えた。

なんて言った？

Ｋの声が、夢のなかのもののように遠く聞こえた。

メウンタン、明日の朝食べなって。

再びシャワーの音が聞こえた。

うん、そうするよ。

目覚めたとき、Kはいなかった。Kが隣に寝ていた痕跡さえなく、私はよくよく考えてみた。Kは昨夜戻らなかったんじゃないか。全部夢だったんじゃないか。キッチンへ行ってみると、食卓に鶏の丸焼きの袋が置かれていた。メウンタンは手つかずのまま残っていた。

知らない店名の袋を開けると、一羽というには少なく、半羽というにはもも肉が二つあり、食べ残しを持ち帰ったような組み合わせだった。私は冷えた肉を嚙みながら思った。手羽がないな。Kが嫌いな手羽がない。手羽が好きな人と一緒に食べたみたいだ。

金物屋には、女の人ではなく老人がいた。やせ細り、面長で、白い髭がきれいに切り揃えられている。老人は垢染みたひとり用のソファに座って、孫の手で足首をかいていた。なかへ入って目の前まで近づいても、私に気づく様子もない。すみません、と声をかけると、スイッチがオンになったかのように跳ね起きて、いらっしゃい、と言った。

昨日、ねじを買ったんです。

それで、どうかしましたか。

三つくださって、合わなかったら交換に来るように言われて。

どれが合いましたか？

それが、どれも合わないんです。

私はシャツの胸ポケットからねじを三つ取り出し、老人に渡した。ねじは生ぬるかった。

これとこれの、中間くらいのが合いそうなんですけど。

それはないねえ。

どこで買えますか？

いや、そういうのはないね。

え？

そんなサイズのねじはないんですよ。

たしかですか？

老人は手を振りながらうなずいた。ないない、ほんとだよ、と重ねて言いながら。そして私の手からねじを取ると、千ウォン札を一枚差し出した。

なんにしろ、合うのがなかったんだからお返ししますよ。

私はお札を受け取って悩んだ。ねじは一つ三百ウォンずつで、私の手元には百ウォンのお釣りがない。それに、このまま帰るわけにはいかなかった。

でも、もともとその中間くらいのねじがはまっていたんです。

どこに？

椅子です。残りの脚はまだくっついてるんで、一度ねじを見てもらえませんか。

そんなはずはないけど、じゃあそうするとしましょう。

私は老人に千ウォンを返した。

ひとまず椅子を持ってきますね。

そう言って、なぜか右手と右足、左手と左足が一緒に出ている気分で店を出た。いつまでに持ってくると言い置いたわけでもなく、いつまでに持ってこいと急き立てられたわけでもないのに、私は走った。走るうちにスピードが出て止まれなくなり、息切れがするほどフルスピードで走っていた。玄関の暗証番号を二度間違い、靴を脱ぎ捨てた。

椅子を持ち上げると、青色の脚が取れた。そう。この脚が取れたのだ。ねじが外れて、この脚が椅子から取れた。そう思い返しながら、脚を拾った。

このねじはないね。

ないんですか?

ずいぶん昔に出回ってたやつで、もう作ってないんですよ。

じゃあ、どこにも売ってないんでしょうか。

そりゃわからないねえ。どこかに売れ残りがあるかもしれないし。でも、もう古いものだから難しいと思いますよ。いっそ穴を開けなおして、新しいねじで留めてはどうです?。

だめです。私の椅子じゃないから、勝手にそんなことはできないんです。

ふうむ、なるほどねえ。たしかに、このねじを使ってるものをまだ持ってるんだから、ずいぶん大事なものなんでしょうね。

青色の脚を手に取ってしみじみ眺めていた老人は、元あった箇所に脚を当てたり離したりしてみながら、どうして取れちゃったんだろうねえ、と言った。まるで椅子に話しかけているみたいに。どこからか鳥のさえずりが聞こえてきた。老人はズボンの後ろポケットから携帯電話を取り出し、ああ、うん、ああ、うん、と言って切った。

すみませんが、もう出なきゃならないんです。どうされますか?

私は老人から本体と青色の脚を受け取った。

仕方ないですよね。

老人は店の鍵を閉めてシャッターを下ろし、タクシーをつかまえた。老人が乗ったタクシーが見えなくなるまで、私はその場に立ちつくしていた。ねじがなくなることもあるんだ。二度と買えなくなることもあるんだ。ねじなんてどこにでもいくらでもあるから、いつでも買えると思ってたのに、そうじゃないこともあるんだ。そんなことを考えながら歩いた。とても大きなねじが使われる場、ごく小さなねじが使われる場、普通のねじが使われる場、そういったものを思い浮かべてみた。

ひょっとすると、この脚には最初からねじが付いていなかったんじゃないか。ねじがなくてもなんとか椅子にくっついていたのが、なにかの拍子にもうだめだ、と取れたんじゃないか。そんなことまで想像しながら市場へ向かった。タラを一匹ぶつ切りにしてもらい、シュンギクをひと束と豆腐を一丁買った。椅子を肩にひっかけたり、左手で持ったり、右手に持ち替えたりした末に最後は脇にはさみ、脚はシュンギクが入ったビニール袋に入れた。

家に戻って、椅子をベッドの脇に置いた。青色の脚をうまくはめるのは、もはやお手のものだった。少しだけ気をつけていれば、Ｋはねじがなくなったことに永遠に気づかないかもしれない。そのほうがいいだろうか。いずれにせよ、いまさら脚が取れたのだと、ねじがなくなったのだと言う気にはなれなかった。合うねじはもう買えないなどとはなおさら言いたくない。いや、もしかしたらどこかで買えるかもしれない。難しいだろうけれど。

新しいバイト先を見つけよう。家から離れた、見知らぬ町で働けたらいい。その町の金物屋を訪ねまわってねじを探し、なければまた別の町でアルバイトをしながら金物屋を訪ね歩く。そうしているうちに、いつかはねじを見つけられるんじゃないか。Ｋが気づく前に。なにもなかったかのようにひそかに元通りに直して、ほっと息をつけるんじゃないか。それまでは少しばかり緊張するかもしれない。Ｋがじっと見つめてきたり、なにか言いかけてやめたり、私の言ったことに答えず顔を背けたりすれば、胸が凍りつくかもしれない。ねじ、と思うだろう。それでも、どうにかなるんじゃないか。

煮詰まったメウンタンを捨てて、新しくタラのメウンタンを作った。ああ、青陽《チョンヤン》唐辛子を買い忘れた。もっと辛口に仕上げたかったのに。ぐつぐつ煮立っている鍋にシュンギクを加えてふたをした。火を止め、さっと火が通るのを待つ。ちょうどそのとき、ピッ、ピッ、ピッ、とＫが玄関の暗証番号を押す音が聞こえた。

物々交換

朝八時。女は工事現場にやって来た。山裾に排水路を設け、コンクリートの擁壁を作る工事の真っ最中だ。元々は、鉄条網と鉄パイプからなる古びた囲いがあった。ところが、いつのころからか鉄パイプが一本、二本となくなり、金網もところどころ破れていった。人の仕業であることは明らかで、気づいたときには手がつけられない状態だった。道路標識やマンホールのふたまで盗まれる時代だ。犯人を捕まえるべく右往左往しているあいだに、大雨が降った。山から流れてきた土や石、木の枝が近くの住宅街に押し寄せ、路地には足首まで浸かるほどのぬかるみができた。幸い負傷者は出なかったものの、復旧には労力を費やした。去年の梅雨のことだ。いつの間にかまたも梅雨が迫ってきていて、現場は慌しい空気に包まれていた。

工事は、山へ続く一方通行の道の入り口から始まっている。女は朝八時から午後五時まで、パラソルの下で折りたたみ椅子に座り、進入してくる車や人を止めていた。プラスチックのひさしが付いた帽子をかぶり、首から笛を下げている。日当八万ウォンは、毎日現金で受け取る。勤務は五日間、今日ですでに四日目だ。正午からの一時間の昼休み以外、日がな一日同じ場所にいなければならないという退屈な仕事だったが、女はこの仕事が気に入っていた。なにより、それまでの仕事にくらべれば体力的に楽だった。

現場に到着すると、班長に出勤のメッセージを送る。班長には仕事紹介料として、日当から一割を渡している。女はこれまで、主に掃除の仕事をしてきた。新築のアパート、オープン前の飲食店、取り壊し予定のマンション、廃業した飲食店。そこで床を掃き、窓を拭き、ゴミを片付けた。腰に負担のかかる動き、目にしみる薬品、ほこりとカビ。そのため、二日働けば一日は休まなければならなかった。無理して三日働くと、必ず体を壊した。女の娘は、薬代のほうが高くつくんじゃない？　とあげつらった。

女は五十代に入ってから高血圧と糖尿を患い、食事のたびに薬を飲まなければならなかった。仕事から戻ると首筋が重く、所かまわず横になって仮眠をとった。それでも、仕事には出たい。班長から紹介される仕事は、その場で日銭がもらえた。どんなに疲れようと、ポケットに現金があると思うと心強かった。

工事中だから迂回するようにと書かれた案内板が周辺にいくつも立てられていたが、入ってくる車は予想以上に多かった。なにも考えていないか、強情なドライバーたちだ。案内板に気づかなかったとか、見たけれどひょっとしたらと思って来てみたという彼らに向かって、女は手を振った。

だめです、これ以上進めません。道がないんです。

一度、巡回中のパトカーを送り返したこともある。制服姿の警察が乗るパトカーが自分の指示でバックしていく様子に、女は無性に興奮した。娘に話してあげなきゃ、と思った。私がパトカーを追い返したのよ。戻ってください、早く、ってパトカーのそばで笛を吹いたのよ。

止めて、引き返させること。それが女の仕事だった。椅子から立ち上がり、首を横に振ったり、手を振ったり、笛を吹いたりしながら数歩歩くこと。おかげで、帰宅後に疲れが押し寄せることもなかった。班長からは暇を持て余す仕事だと言われたが、一カ所にいつづけることには慣れっこだった。女は夫と一緒に、小さな商店を運営していた。近くに大手スーパーや直販所、ディスカウントストアなどができたせいで、一日に売れるのはせいぜいタバコ数箱、チョコレート数枚、焼酎《ソジュ》数本程度だった。夫と交替でレジに立ちながら、ドラマの再放送や芸能人のゴシップを扱う娯楽番組を観た。

女をお姉《オンニ》さんと慕ってときどきおかずを持ってくる近所の女が、班長の電話番号を教えてくれた。初めは彼女とペアで仕事に出ていた。オンニ、疲れちゃった。ちょっと休んでくる。水分とってくるね。彼女はそう言い置いて、ずいぶん経ってから戻ってきた。ひとりでいるあいだ、女は彼女のぶんまで働かなければならなかった。それもよかった。案外ひとりのほうが楽に思えた。女は仕事の要領がよかった。人にもそう言われたし、自負してもいた。どこでなにをしても、仕事ができると言われた。昔から仕事には恵まれてるんです……女はそう言って笑った。仕事がないよりはあったほうがいい。班長はこっそり電話をかけてきて、今後はひとりで出てくるようにと言った。

工事現場に出勤した初日、女は携帯電話でラジオを聴こうと思った。自分の携帯にラジオの機能があることは知っていたが、使ったことはなかった。娘は、メッセージの送り方と電話番号を保存する方法は教えてくれたものの、ラジオの聴き方までは教えてくれなかった。電話して尋ねてもよかったが、女は自分でやってみることにした。携帯のボタンをあれこれ押してみた。変なボタンを押してしまったときは、あわあわと一度電源を切った。そうしてついに〈FMラジオを聴く〉というアイコンを見つけたときは、自分がラジオを発明したかのように誇らしかった。

女は店にいる夫にメッセージを送った。

——ちゅうしよくは食べた私はラジオをきいてます

それから〈送信履歴〉を開いて、自分が送ったメッセージを確認した。女にはメッセージを送ったあと、きちんと送信されたか確める習慣があった。娘に送ろうとして違う番号に送っていることがしばしばあったからだ。女は夫に送ったメッセージをじっと見つめながら、小さい「やゆよ」とハテナマークの打ち方を覚えたいと思った。そのうち打てるようになるでしょ。楽勝楽勝。時間は有り余っていた。

工事現場では、山から下りてきたのか、カラフルな羽を持つ小鳥たちが目についた。女は、鳥たちがぴょんぴょん跳ね回ったり、舞い上がって群れたり、ささやき合うのを間近に見た。住宅街の猫より痩せていて毛並みの悪い猫たちが、俊敏な動きで駆け回る姿を見ることもあった。娘と同じ年ごろに見える男は、日に二回、猫たちに餌をやる。プラスチックの皿に餌を盛って隅に置くと、猫たちは尻尾を立てて近づき、周囲をうかがいながらガツガツ食べた。時折、猫より清掃員のほうが早くやって来て皿を片付けてしまうと、どうやってそれを知るのか、男は再び現れて新しい皿を置いていくのだった。

そういった光景を見ながら、女はパラソルの下に座っていた。折りたたみ椅子はお尻を収めるには少し小さかったが、座り心地は悪くない。空は晴れわたり、風がパラソルをそっと揺らした。女はラジオから流れてくる歌に合わせて足を動かした。あと一週間でいい、もう少しこの仕事を続けられたら、と思った。いつまた、こんなふうに楽に座っていられる仕事に巡り合えるだろう。しかし、工事の予定は明日までだった。女は残念で仕方なかった。

実は、工事は一週間前に終わっているはずだった。本来の工事期間は先週までだったのだ。そのときは現場の手前の道路をふさぎ、迂回路を示した表示板が立てられていたため、いまの女の仕事は必要なかった。ところがどういうわけか、完成した擁壁を壊して作りなおす工事をしていた。採石場から石を運んでくるトラック運転手は、ほらやっぱり、こうなると思ってた、と舌打ちをした。石が悪かったのだと。そんな石でごまかしごまかし作っていたのがばれて、ちゃんとした石を再度運ぶことになり、煩わしいったらないのだと。女からすれば、おかげでこの仕事にありつけたのだからむしろありがたかった。おまけに、石もちゃんとしたものに入れ替わったというのだから万々歳ではないか。

白い乗用車が入ってきた。石を運びこむトラックや掘削機同様、止める必要はない。車が女の前で停まった。続いて運転席の窓が開き、ご苦労様です、と声をかけられた。工事現場の作業員に弁当を届けている男だ。周辺にこれといった店もなく、女も弁当を頼んでいた。代わりに、昼食の時間も現場を離れないことにして。

出勤初日、自分にもひとつくれるよう言うと、男はやけに気安い口調で言った。

お姉さん《ヌニム》はこんな仕事するような人に見えないけどなあ。

自分の弟よりずっと若そうだ、と女は思った。どちらかと言うと、娘と近い年だろう。こんな仕事、という言い方も可笑しかった。中学校には進まず紡織工場に勤めはじめた十二歳のころから、女はよく似たようなことを言われた。なんてきれいな手。いい肌つやしてる。苦労なんて知らずに育ったんじゃない？　そういった言葉を。いつも実際の年齢より若く見られた。女はそのたびに、自分は見くびられているのだと感じた。おもしろくもあった。人って単純だな、見たいものだけ目に映るみたい、と。

女は、自分に気安い態度をとる人にはあえて礼儀正しく返した。弁当を届ける男はその後も軽口を叩いていたが、現場所長に女の年を聞いてからは言葉遣いを改めた。ぼくにそんな丁寧な言い方しなくていいですよ、とも言った。だが女は口調を変えなかった。

聞きましたか？

なんですか？

工事、今日で終わるかもしれないそうですよ。

そうなんですか？

ご存知なかったんですか？

ええ、知りませんでした。

明日の配達は朝連絡して確認してくれって言われました。

残念です、と男が言った。女もそう思った。残念だった。

ここ、国でやってる工事だから、弁当代もきっちり払ってくれるんですよ。

代金をすべて回収できなかったり、踏み倒される現場もあるのだと男は言った。工事が終わったら一括で払うと言っておいて連絡が途絶えたり、配達した弁当の数を記した請求書を送ると、そんなわけがないと金額を修正して送り返されたこともあると。

こっちの台詞ですよ。一つひとつちゃんと数えてるんですから。

男は、ひどいでしょう、と言った。女は、ほんとですね、そういうことありますよね、とうなずいた。

商店の前は食堂をやっていた。温素麵《ジャンチククス》とツナ海苔巻き《キンパプ》を出す小さな店だった。営業時間は午前十時から夜十時まで。大きな十字路の道路沿いにあったので、客には困らなかった。ときどき娘が手伝ってくれたが、普段は女ひとりで厨房とホールの両方を切り盛りした。朝はテイクアウトの客が多く、午後は制服姿の学生たちが三々五々にテーブルを埋め、沢庵漬け《タンムジ》のおかわりをねだった。すると女は、炒めた雑魚と海苔をまぶしたおにぎりを作ってサービスしてやるのだった。

夜は面倒な客が増えた。トイレに立ったきり戻らなかったり、すっかり平らげておいて、まずいから金は払えないと言い出す客もいた。酒を持ってこいと言う客もいた。うちはごはん屋だから酒はないと言うと、箸を投げつけて大声を出した。危険を察した別テーブルの客たちがそろそろと腰を上げた。

おばさん、警察を呼んだほうがいいですよ。

ひとりの客が小声で言った。女も警察を呼んだことはあった。兄弟らしきふたりが店で殴り合いのけんかをおっぱじめ、警察を呼んだところ、女も交番に連れていかれた。なにがどうというわけではないが、それだけで疲れ、店に戻ってからも仕事にならなかった。おまけに、兄弟の食事代も、割れた食器代も払ってもらえなかった。その後も何度か同じような経験をするうち、警察を呼ぶより客をうまくなだめて帰ってもらうほうがいいと考えるようになった。

　女に人差し指を突きつけながら近づいてくる客からは、酒のにおいがした。女はじりじりと後ずさった。そのとき、夫が店に入ってきた。大工の夫は、昼は現場で木材に触れ、夜は店の仕事を手伝ってくれていた。仲裁に入った夫が転び、椅子とテーブルがけたたましい音とともに押しやられた。客はそのまま出ていってしまい、夫は腕を痛めた。このぐらいなんでもないと、病院には行かなかった。数日経ったころから、指がうまく曲がらなくなった。

まいど。

配達の男が女に会釈をし、運転席の窓を閉めた。車は工事現場へ入っていく。女は夫にメッセージを送った。

――昼食は食べた？　冷蔵庫にキキョウの根の和え物があるから食べてね。

女はいまや、小さい「やゆよ」とハテナマークの打ち方を覚えていた。

昼食後の工事現場にはマッコリのにおいが漂っている。韓国演歌《トロット》も流れる。真昼の照りつけるような日差しの下で、作業員たちは片手に道具、片手にマッコリを取る。流れた汗のぶんだけマッコリを飲む。トロットに合わせて歌い、肩を揺らす。熱くなっているのは暑気のせいか酒のせいか、休むことなく体を動かす。くだらない冗談を交わしてくすくす笑う。女の夫は酒が得意ではない。夏のあいだ、夫が大工の仕事に出るとき、女ははったい粉《ミスッカル》を溶かしたものを冷凍庫で凍らせていた。ひと晩かけてかちかちに凍らせても、現場に持って行けばたちまち溶けてしまうらしい。夫は、はったい粉が白く沈殿したボトルを持って帰宅した。

女がピィーッと笛を吹いた。道に入ってこようとする車に向かって手を振る。

入れませんよ。戻ってください。

なんで入れないんですか？

手前に案内板があったでしょう。

なんの案内板ですか？

工事中なんです。

道をふさいで工事してるんですか？

梅雨に土砂崩れを起こさないようにするための工事です。

この道じゃないとすごく遠回りになるんですよ。

運転手はいつまでも不平を垂れていた。女はそれ以上言うこともなく、運転手が諦めてギアを変えるのを待った。梅雨は近い。大雨になれば、また山から土が流れ出すだろう。運転手は先般の惨事を知らないのだろうか。それとも、すでに忘れてしまったのだろうか。これは必要な工事だ。必要なことをしているのだから、少しくらい遠回りになっても仕方ない。女はそう思った。

　車が去って間もなく、次なるタイヤが現れた。老人の引くリヤカーだった。腰が曲がり、ぼろぼろの服を着ている。ひさしの曲がった帽子と、ちぐはぐのサンダル。毎日同じ格好だった。女は気を引き締めた。老人は全身でリヤカーを引きながら工事現場へ、その前をふさぐ女のほうへ近寄ってきた。今日もリヤカーには、老人が必死で集めた物がぎっしり積まれているのだろう。新聞、段ボール、ガラス瓶、くず鉄、そういったものと一緒に、老人は一歩一歩、女のほうへ近づいてきていた。女は、今日こそは、と心に誓った。今日こそはこの老人を追い返すのだと。

女は初日から老人に遭遇した。リヤカーを引いてくる老人の前に立ちはだかって言った。

入れませんよ。いま、工事中なんです。これ以上は入れません。

そう言った。老人は女を一瞥すると、リヤカーはここに置いて、ちょっと入るだけだと言った。

入るって、入っちゃだめなんですよ。

すぐだから。

関係者以外は立ち入り禁止なんです。

立ち入ろうってわけじゃない、ほら、そこまでだから。

そこまでだから、と老人が指差したのは、工事で出たごみの山だった。どう見ても工事現場の敷地内だったし、ごみは夜のあいだに指定の業者が運び出すことになっている。女は現場所長の言葉を思い出した。

ごみのなかから金になるものを拾っていこうとする人たちがいるけど、絶対に入れないでください。もしもそういう人が現れたら、必ず止めるように。そういう人たちのせいで囲いが崩れて、この工事をしてるんですからね。

工事現場には絶対に入れません。

じゃあ、あそこのあれ、あれだけ取らせてくれんかな。

老人が、ごみ捨て場に立てかけられている段ボール箱を指した。見るからにたいした量ではない。女は迷った。汗まみれの老人はどことなく死んだ父親に似ている。体を悪くしている義父に似ている気もした。心なしか夫にも似ているようだ。老人の曲がった腰、しわだらけの肌、つやのない髪が気の毒に思えて仕方なかった。

それじゃ、ここで待っててください。動かないでくださいね。

女はごみ捨て場のほうへ走っていって、段ボールを拾ってきた。全部で四つ。これくらいならかまわないだろう。女は老人のリヤカーに段ボールを積んでやった。

こりゃすまんね。どうもどうも。

駄々をこねる子どものようだった老人が何度も腰を折った。女は、老人がリヤカーの方向を変えるのを手伝ってやった。お気をつけて。もう来ちゃだめですよ、と手を振った。

老人は翌日、またもやリヤカーを引いてやって来ると、どうも、と女に挨拶しながら近づいてきた。まるで昔からの顔なじみのように親しげな笑みを浮かべて。女は、話が違う、と思った。

老人はずっとそうしてきたかのように女の前にリヤカーを置き、ちらちらと工事現場のほうを見やった。ごみ捨て場の脇に、段ボール箱と、作業員が飲んだマッコリのペットボトルがあった。

入っちゃだめなんです。

わかってます、わかってますよ。

関係者以外は立ち入り禁止です。

ええ、ええ。

老人は恭しく答えた。そのせいで、女は余計に気がとがめた。父親とそう年の変わらないだろう男にぺこぺこされるのは心苦しかった。老人はそこに立ったまま、女の顔色をうかがった。しばらくすると、汚れたフィッシングベストのポケットからそっとなにかを出して女のほうへ差し出した。これ、よかったら、と言いながら。

老人が差し出したのはマクワウリだった。女の両手いっぱいの大きさの。

ひとつ千五百ウォンもするんだよ。

どうして私に？

真っ黄色に熟れてて、甘いおいしそうなにおいがしとるだろう？　夏はやっぱりこれだよ。マクワウリの季節。

そんなふうにマクワウリについて話していた老人は、女と目が合うなり、歯を見せて子どものように、へへ、と笑った。昨日のお礼だよ、と言いながらごみ捨て場のほうを見やった。

ほら、あのペットボトルだって全部お金だ。ああ見えて全部お金なんだよ。たいした額にはならないけど、せっせと集めればマクワウリのひとつも買えるんだ。

女は自分の手のなかのマクワウリを見た。段ボール箱と空のペットボトルをもらうためにこれをポケットに忍ばせてきたのだろう老人を思うと、胸が痛んだ。女はごみ捨て場の段ボールとペットボトルを老人のリヤカーに載せてやった。段ボールはかなり重いものが六つ、マッコリのペットボトルもいくつもあって、何度か往復しなければならなかった。


仕事を終えて帰宅し、家族と晩ごはんを食べるまで、女は鞄にマクワウリが入っていることをすっかり忘れていた。折りたたみのテーブルを出し、韓国味噌《テンジャン》チゲ、キムチ、ナムル、たまご焼きを並べた。夫の好きなテンジャンチゲと娘の好きなたまご焼きをよそに、女はごはんに冷や水をかけて食べた。糖尿の薬を飲みはじめて以来、ごはんだけでは喉を通りにくくなっていた。

食事を終えた娘が言った。

お母さん、なんか果物ない？

女はそのときになって、鞄のなかのマクワウリを思い出した。小さな手提げ鞄が膨らむほど立派なマクワウリが、娘の好奇心をくすぐった。

どしたの、これ？

女はマクワウリの皮をむきながら、老人の話をした。

それって、まずいんじゃない？

切ったマクワウリを食べながら娘が言った。

まずい？

女が訊き返した。

だって、やっぱり、あれなんじゃない？

あれ？

賄賂。

娘がやけに真面目な顔で言うので、女は笑い出した。娘も笑い、夫も笑った。マクワウリは甘かった。

マクワウリが賄賂ってこと？

違う？

マクワウリひとつが？

娘が携帯で辞書を検索した。

賄賂。名詞。ある職位にある人を買収し、自分の都合のいいようにとりはからってもらう目的でひそかに渡す不正な金品。賄賂の授受。賄賂をもらう。賄賂で買収する。

娘が読み上げるのを聞きながら、言われてみればそんな気もすると女は思った。考えれば考えるほどそのとおりだと思われ、妙に落ち着かなくなってきた。女の気持ちを知ってか知らずか、娘はさらに職位だとか買収だとかいう単語を検索している。女はかぶりを振った。

ううん、賄賂じゃない。

じゃあなに？

つまり、これは、その……物々交換よ。

女の言葉に娘が笑った。夫も笑った。

ある職位にある人を買収、自分の都合のいいようにとりはからってもらう目的でひそかに渡す不正な金品。女は賄賂の定義を思い浮かべながら眠りについた。朝起きて身支度をするあいだも、頭ではずっと考えつづけていた。自分がどんな職位にあるのか、老人にとって都合のいいこととはなにか、マクワウリはひそかに渡されたのだったか。なにをくだらないことを、と思いつつも、どうしようもなかった。たかがマクワウリひとつで？　マクワウリひとつと、段ボールと空のペットボトル、それだけで？　賄賂の授受、なんて言葉はお偉方のあいだで使われる言葉じゃないのか。

また老人が来たら、今度こそ追い返そう。豆ひと粒であっても決して受け取るまい。そうすれば、こんな後ろめたさや余計な悩みを抱えることもなくなるだろう。女は道路の入り口をにらみながら、老人のリヤカーが現れるのを待った。

老人は女に手を振りながら現れた。

昨日は本当にありがとう。

そして真っ先にマクワウリを差し出した。この老人は、賄賂という言葉を知っているだろうか。いま自分が賄賂を渡していることを自覚しているだろうか。女はマクワウリを受け取ることなく、黙って彼を見つめた。老人はごみ捨て場の脇に置かれたくず鉄を見ているに違いなかった。段ボールやペットボトルならまだしも、くず鉄はけっこうな値がつくはずだ。指定の業者に任せるのが本当だろう。老人が女の手にマクワウリを握らせた。

困ります。

ええ、ええ。関係者以外は立ち入り禁止なんだからね。

老人は、これはこれは、と言いながらマクワウリをもうひとつ取り出した。それではっきりした。これは賄賂だ。明らかに賄賂だ。女の腕がざわざわと粟立った。

たくさんはいらない、少しでいいんだ。マクワウリを買えるくらいで。昨日のやつ、おいしかったろう？

おいしかった。女はその甘みを覚えていた。娘も、夫も、おいしそうに食べていた。賄賂だとか買収だとか不正だとか言いながらマクワウリを味わった。

ちょっとの助け合いだよ。

女は老人のふてぶてしい顔を見た。これではいけない、これ以上はいけないと思った。これまで、人様に言えないようなことをしたことはない。女はふたつのマクワウリを老人に差し出した。

受け取れません。こういうのは。

なに、どうして。

賄賂、という言葉は出なかった。

受け取る理由がないですから。

感謝の気持ちなのに、どうして？

感謝されることなんてありません。

女と老人がマクワウリを押しつけ合ううちに、そのうちのひとつが転がり落ちて割れた。

ああ、もったいない。段ボールいくつぶんだか知れないのに。

老人が割れたマクワウリを拾った。女はたじろいだ。こんなつもりではなかった。もうひとつのマクワウリは女の手にあった。

結局、女はごみ捨て場からいちばん小さなくず鉄を拾って老人に渡した。段ボールとペットボトルも積んでやった。だが、マクワウリを持ち帰ることはしなかった。夫と娘と一緒にマクワウリを食べながら、また賄賂だとか不正だとかいう話はしたくなかった。日当を受け取り、現場所長にマクワウリを渡した。所長は、どうしたんです、これ？　と言いながらそれを受け取った。

女は、どうぞ召し上がってください、とだけ言って踵を返した。


今日が最後です。本当に。もう来ないでください。困るんですよ。

女はリヤカーを引いていく老人の背中に向かってくり返した。それにもかかわらず、老人はまたしてもやって来たのだった。

老人がリヤカーを置くより先にその前に立つ。

引き返してください。

またまた。

老人は入場券でも捜すかのようにベストのポケットに手を入れた。

やめてください！

女が声を上げると、老人がびくりと身をすくめた。だが、すぐに笑顔を浮かべて言った。

そんなつれないこと言わなくったって。

もうやめてください。

女は頑として首を振った。老人がポケットからマクワウリを取り出した。ひとつ、ふたつ、みっつ。女は呆れた。私をなんだと思っているのか。マクワウリみっつ。それでなにをどうしようというのだろう。私のことを見くびっているんだろうか。老人は強情にマクワウリを渡そうとした。女が一歩下がって身をかわすと、マクワウリが落ちて坂道を転がっていった。

どうして。

もう行ってください。

せっかくのマクワウリを、こんなふうに……。

行ってください。

女は引き下がるものかと思った。老人の苦労話や身の上話にほだされてたまるものかと。老人が転がっていったマクワウリを拾ってきたが、女はやはり受け取らなかった。すると老人は、それを女の足元に置いた。

こんなことなさってても無駄です。引き返してください。

女がマクワウリを脇に押しやった。

ひどい。ひどすぎる。

老人が言った。ひどい。ひどいじゃないか。そう言いながら、リヤカーを置いてどこかへ歩いていく。

リヤカーをここに置かれちゃ困ります。

女が言っても、老人は耳を貸さなかった。

戻ってきたとき、老人は手に黒いビニール袋を提げていた。見なくても、そこになにが入っているのか女にはわかった。袋いっぱいのマクワウリ。

さ、これでいいだろう。これならいいだろう。

なに言ってるんですか。なんなんです、これ。

これでもだめだって言うのか？　これでも？

老人はそう言いながら、女にビニール袋を押しつけた。甘いにおいが漂った。

女は老人を追い返した。老人を通すことも、段ボールやペットボトルを渡すこともしなかった。老人はリヤカーを引いて去っていった。女の手元にはマクワウリの袋が残された。持って行くよう言っても、老人は最後まで女に袋を押しつけた。

女はマクワウリの袋を脇に置いて、フィッシングチェアに腰かけた。猫が三、四匹、そぞろ歩きに通り過ぎていった。女は乗用車三台とバイク一台を追い返した。道に迷った登山客に道を教えもした。

退勤の時間になると、現場所長がやって来た。工事は今日で終わるかもしれないし、明日まで続くかもしれないと言われた。

明日の朝、連絡します。おつかれさまでした。

所長が一万ウォン札八枚を差し出した。女は所長にマクワウリをあげてしまいたい気になったが、明日も呼んでくれという意味に取られはしないか、マクワウリひと袋が、自分の都合のいいようにとりはからってもらう目的でひそかに渡す金品のひとつに受け止められはしないかと思ってやめた。女は、仕事を紹介してくれた班長に日当を受け取ったとメッセージを送った。紹介料として八千ウォンを振り込むために、帰宅途中で銀行に寄った。

家には誰もいなかった。夫は商店のレジに座っているはずで、娘はまだ学校だった。食卓にマクワウリの袋を置いた。家のなかにマクワウリの甘いにおいが広がっていった。

ブラック・ゼロ

キョンがクビになった。私が休みだった昨日のことだ。ユンから聞いた。更衣室のドアを開けると、キョンの代わりにユンがいた。解雇事由、内部の指針により非公開。人員増員、予定なし。ユンの口から出る言葉は直線みたいだ。ここ、というポイントから始まり、予定のポイントまでまっすぐに伸びていく直線。それらに突き刺されそうな気がする。ユンの視線も同じだ。ユンはじっと私を見ている。なにか言いたげに。または、なにか聞きたげに。私はユンに背を向けて、ロッカーを開ける。

　ストッキングは黒、肌が透けて見えない厚さでなければならない。髪はひとつに束ね、飛び出している毛はピンで留める。ピンク色のサテンのシャツはボタンが多すぎ、紺色のスカートは窮屈に感じるほどタイトだ。黒のジャケットを羽織る。胸元には名札と丸いバッジ。バッジには笑顔のウサギのマスコットが描かれている。ウサギは後ろ足で立ち、短い前足を恭しく揃えている。〈親切社員〉の四文字がウサギの頭上に虹のように並んでいる。

　ロッカーの内側に付いている鏡で、背後でユニフォームに着替えているユンを盗み見る。まだ束ねられていないユンの髪がゆらゆらと揺れている。いつもの朝なら、そこにキョンがいたはずだ。アルバイトのユンは白シャツと黒いズボンを穿くのが本来だが、今日は私と同じユニフォームを着ている。キョンのものだ。困ったことになりそうだ、と私は思った。さしあたって心配なのは、明日から始まるセールだ。アルバイトを始めてまだひと月のユンと一緒に、セール期間を無事に全うできるだろうか。髪を結うユンの手が覚束ない。飛び出した髪をなかなかまとめられないでいるユンに、余分のピンを差し出す。二本で済むかと思いきや、四本使ってどうにかまとまった。

私、明日はお休みの予定なんですけど?

どうしようもないわね。急なことだから。

ほんっとに大事な用があるんです。

仕事より大事な用?

プライベートまで話さなきゃならないんですか?　不公平ですよ。

唇を突き出すユンにモップを渡し、まずは床を磨くように言った。ユンはよくそういった言葉を口にした。プライベートだとか、不公平だとか、人権だとか、個人の尊厳だとか。新しく学んだ言葉を親の前で使ってみる子どものように、事あるごとにそういった言葉をつぶやいては、こう付け加えた。

ありえないですよ。

ここでアルバイトを始めて以来、ユンがいちばん多く口にした言葉だろう。三人の売り場スタッフのうち、日に二人は必ず出勤しなければならないという規定について説明していたとき、ユンが言った。

ありえないですよ！

キョンがからからと笑った。

ありえなくないよ。いくらでもありえる。

子どもをあやすようにユンをなだめていたキョン。キョンはクビになった。

忙しい日だ。キョンの一件について訊きたかったけれど、まずは商品の一覧をチェックした。朝礼が始まるまでに売り場の掃除を済ませ、新商品を並べる移動式の陳列ワゴンも準備しなければならない。

物流倉庫に品物が到着したかを確認して電話を切ったとき、朝礼の始まりを知らせる音楽が流れてきた。鳥のさえずり、水のせせらぎ、風にそよぐ葉擦れの音にのせて、軽快に響くピアノの調べ。マネージャーたちは〝朝の音〟と呼び、社員たちは〝また一日が始まる音〟と呼んだ。

皆さん、おはようございます。さあ、今日も元気に一日をスタートしましょう。当デパートのスタッフとして、以下の事項を常に意識し、徹底的に守りましょう。

開店三十分前に流れる朝礼では、お決まりのフレーズを一文ずつ復唱する。五分間の朝礼が終わると、各階の担当マネージャーが売り場を回りながら〝親切教育〟の手ほどきをする。今年のキャンペーン内容はずばり、〝優秀な親切社員の育成〟。デパートの入り口とエレベーター前には、親切なスタッフと不親切なスタッフを名指しするための用紙が置かれている。ホームページの掲示板とサービスセンターでも意見を受け付け、月に一度、優秀社員と落ちこぼれ社員が公表される。優秀社員にはボーナスが、落ちこぼれ社員には特別教育がほどこされる。

まだ整理のつかない陳列台の上で忙しく手を動かしながら、朝礼のアナウンスに従った。先唱などなくてもするする口をついて出る。休日に街を歩いていても、この時間になれば朝礼のアナウンスが聞こえてくる気がした。あちらこちらで復唱する声が聞こえる。同じトーン、同じスピードで一日を始める人たちの声が合唱のように入り混じる。

ひとつ、私はお客様を愛します。

ひとつ、私はお客様を愛します。

ひとつ、私はお客様にベストを尽くします。

ひとつ、私はお客様にベストを尽くします。

ひとつ、私はお客様を家族のように考えます。

ひとつ、私はお客様を家族のように考えます。

リフレインのように、ひとつ、私、お客様、が無限再生される。初めて聞いたときは胸焼けがするようだった。愛し、ベストを尽くし、家族のように考える。お客様にはそうあるべき。一つひとつの言葉の意味を考えると吐き気がした。何度となくくり返すうちに、いまでは無意識に口ずさむ鼻歌のようなものになってしまった。朝礼終了の音楽が流れてくるスピーカーに向かって、ユンが舌を出す。

ばっかみたい。ありえないことばっか言っちゃって。

そう付け加えるのも忘れない。そうしてモップを手に、そそくさと用具室へ消えていく。新商品のバーコードを入力しようとしていた私は手を止め、その後ろ姿をしばらく目で追う。

ユンは、友達とヨーロッパへバックパック旅行に行くお金を貯めているそうだ。三カ月の短期契約なので教育期間もなく、主にキョンと私の下で雑用をこなした。浪人して大学に入ったはいいが専攻が性に合わず、一学期を終えるなり休学した、自分が本当にしたいことを見つける旅に出るのだと言った。

それって、旅をしないと見つからないもの?

私が訊くと、ユンはなにをわかりきったことを、という顔で答えた。

ここで見つかるものなら、とっくに見つかってますよ。

旅先でなら、必ず見つかるの?

それは行ってみないと。

デパートは地下五階、地上八階からなる。地下五階から地下三階までが駐車場、地下二階から七階に百三十の店舗が入っていて、八階と屋上はレストラン街だ。朝十時に開店し、夜八時に閉店する。開店三十分前から朝礼と教育が行われ、閉店後の一時間は後片付けをする。私の職場は二階に入っている女性下着売り場だ。原則として、デパートの定休日である隔週の月曜日と、月に三日、自分が指定した日が休日となる。ただし、店長は別途、客の多い週末と祝日は避けること、最低二日は間隔を空けることという細則をもうけた。

本来なら昨日はキョンが休む予定だった。私はキョンに休みを代わってもらい、自分が卒業した高校へ行った。卒業生の実務経験談を聞くプログラム。かつての担任から連絡をもらい、生徒の前で二時間ほど話してくれれば三十万ウォンの謝礼を払うと言われた。先週は行政職の公務員試験に受かった卒業生、その前は警察官になった卒業生が呼ばれたらしい。私でいいんですか？　そう訊きながらも、頭の片隅では謝礼の三十万ウォンをなにに使おうかと考えていた。

いいもなにも。卒業と同時に就職して勤続してるんだから、見習うべき先輩じゃないか。それに、おまえの勤めてるデパートは大手だろう？

私の就職先がデパートではなく下着販売会社であることは、先生も知っていた。面接を受けられるよう推薦状を書いてくれたのだから。誠実かつ勤勉な本生徒を推薦いたします。そう書かれた推薦状を手に、四社の面接を受けた。信用金庫、保険会社、健康食品販売会社、下着販売会社。どれも合格の通知をもらった。下着の会社を選んだのは先生のひとことがきっかけだった。

勤務先がデパートってところがポイントじゃないか？　余裕のある人たちを相手にするんだろうから。

最近の子はひと月もしないうちに逃げ帰ってくる。推薦状をいくら書いてもきりがないんだ。上司に楯突いて辞める子も多くて、ほかの子にまで被害が及ぶこともある。やっぱり大学に行くって勉強しだす子もいるけど、卒業間近になって始めても間に合うわけがない。それなら最初からこの学校に来るべきじゃないんだ。こつこつ資格を取って、面接を受けて、実習をして、言われたとおりにやって、下手なことはしない。そうあるべきなんだがな。

私は先生との通話を終えると、キョンに電話をかけた。父が怪我をして、看病する人がいないのだと。
　キョンは客の試着を手伝っていたときに失言をしたらしいが、正確なことはわからなかった。試着室の外にキョンが突き飛ばされ、同じ階にいた客と売り場スタッフが集まってきて、警備員まで駆けつけたが、その客は倒れているキョンをさらに足で蹴飛ばしたという。学校へ向かうバスのなかでなんとなく携帯をいじっていた私は、あるポータルサイトの急上昇ワードのなかに、デパートと売り場の名前を見つけたのだった。動画のなかでモザイクがかけられている人物がキョンだということは、すぐにわかった。

昨日、なにがあったの？

　用具室から出てきたユンに訊いた。これまでも大小あらゆるアクシデントがあったけれど、これほどのスピード処分は初めてだった。

　クビですよ、それだけです。私もよくは。

どうして？　やられたのはキョンのほうでしょ？

　こんなことになるとは思ってもみなかった。減給とか特別教育くらいで済むとばかり思っていた。インターネットの書きこみには、その客への非難とキョンへの同情がいくつか寄せられていたが、それで終わりだった。キャッシングや不適切な広告さえ貼られていない事件は、人々の関心を得られないままたちまち急上昇ワードから消え、テレビやＳＮＳで取り上げられることもなかった。現場に居合わせた人たちが撮影した動画と、状況をひととおり説明している記事もまた、広報室で手を打ったのかすぐに削除された。

相手が、ロイヤルの客だったとか。

ロイヤル。デパートの会員のなかでも最上位の顧客。キョンはいったいどんなヘマをしたんだろう。突き飛ばされ蹴飛ばされるほどの粗相だったのだろうか。それほどの粗相とはなんだろう。そんなことがありえるだろうか。本当にキョンが？　それならどうして謝らなかったのか。ロイヤルなのに。どうして。

ユンが大げさに目を見開き、声に出さずに「雑談禁止」と言ってすました表情をつくった。隣の売り場の教育が終わったのか、マネージャーがこちらへやって来る。

いらっしゃいませ。

いらっしゃいませ。

なにかお探しでしょうか。

なにかお探しでしょうか。

お助けできることがあればなんなりとお申しつけください。

お助けできることがあればなんなりとお申しつけください。

ありがとうございました。またどうぞ。

ありがとうございました。またどうぞ。

ジャケットの胸元が開かないように片手で押さえ、ゆっくりとお辞儀をした。腰を折る角度、歯が見えないように口角だけを上げる笑顔、きれいにそろった手元、足元に向けた視線まで完璧なのに、マネージャーは去ろうとしない。私とユンが不思議そうに見ると、マネージャーは両手をおへその辺りで重ね、腰を折った。頭が胴体にのめりこみそうなほど。

お客様、たいへん申し訳ございません。どうか寛容なお心で、わたくしの不手際をお許しください。

講堂には三十人余りの生徒が集まっていた。履歴書と自己紹介書を書くときのコツを教え、面接に関するアドバイスをし、生徒の質問に答えるのが私の役回りだった。生徒のひとりが、明日が面接なのだが制服で行くべきかスーツで行くべきか悩んでいると言った。スーツにするなら先方のユニフォームに近いものにして、メイクはしないほうがいいと答えた。大人っぽく振る舞う必要もないが、あまりに子どもじみた言動も控えるようにと。十八歳の女の子は、よくわからないというように眉をしかめた。

初めての面接では、学校で丸暗記した自己紹介書の内容を、ボタンを押された人形のようにそらんじた。

私の情熱と努力を傾けて最善を尽くし、御社のお役に立てる人材になりたいと思っています。

面接官は私の顔を見もせずに訊いた。

皆勤ですね。遅刻もなし、早退もなし、欠席もなし。

次の面接では内容を変えた。

私のもつ誠実さがあれば、必ず御社のお役に立てると思っています。

その次の面接でも少し内容を変えた。

私のもつ誠実さが、御社のご迷惑になるようなことはないと思っています。

ユンは警告を受けた。マネージャーの教育に従わなかったからだ。おかげで私は、〝謝罪練習〟をしないわけにはいかなかった。マネージャーが去ると、スピーカーからユンが警告を受けたというアナウンスが流れた。スタッフへの賞罰はつねにスピーカーをつたって流れてきた。ほかの人も気を引き締めるようにという意図らしい。キョンの解雇もこんなふうに伝えられたのだろうか。ロイヤルの客は店長に抱えられて、キョンは警備員に腕をつかまれて店長室へ向かったという。そして、キョンが売り場に戻ってくることはなかった。

適当に合わせとけばいいのに。

私の言葉に、ユンが目を剝いた。ありえないです。そう言いたそうに。ユンは勤務日誌に自分の名前を書き、〝警告〟と添えた。なにか言いたげだったが、開店のベルが鳴りはじめた。開店から五分間は、売り場の入り口に立って客に挨拶することになっている。ユンがひと足先にそちらへ歩き出し、私も慌ててあとを追った。ユンが前を向いたまま言った。

お姉《オンニ》さん、ほんとにそう思ってるんですか？

ユンのぴんと伸びた背中を見る。勤務中は先輩と呼ぶようにと何度注意しても、ユンは私のことをオンニと呼んだ。マネージャーにばれなければかまわないじゃないかと。

いいじゃない、かわいくて。あなたも私のことオンニって呼んだら？

いえ、先輩。

そのとき、キョンは少し寂しそうな顔をしたのではなかったか。ユンはいま、なにを思っているんだろう。

いらっしゃいませ。

いらっしゃいませ。

一階の入り口から挨拶が聞こえてくる。一番客は毎日同じ人だ。首にネックレス、耳にイヤリング、腕にブレスレット、手に指輪とひととおりのアクセサリーを着け、サングラスをかけた女性。彼女は正門から入ってくると、いつもの動線で一階をぐるりと巡ってから裏門へ抜けていく。食後の散歩のように、自然な足取りで売り場を縫って歩く。家族にするようにやさしく振る舞い、みんなから挨拶を返してもらうと、そのまま悠々と去っていく。彼女は一度もデパートで買い物をしたことがない。購入履歴のない客。ゼロ。ゼロのなかでも、特定の行動をくり返す要注意人物。ブラック・ゼロ。

ブラック・ゼロを取り巻く噂はひとつやふたつではない。食品売り場で働いていたとき、賞味期限の切れていない食品を切れたものとして廃棄したように見せかけ、横流ししていたのが発覚してクビになったという話もあれば、エレベーターガールだったが年を取って辞めざるをえなくなったという話、トイレ掃除担当の社員だったが、仕事を下請け会社に取られて契約が打ち切りになったという話もある。いずれにせよ、以前デパートに勤めていた人ではないかという点では共通していた。

どう思う?

キョンに訊かれたことがある。一階のスタッフたちがドミノのようにブラック・ゼロに向かってお辞儀をした。二階のスタッフたちはマネージャーに見つからないようにわらわらと移動し、その様子を見学した。デパートは中央が吹き抜けになっていて、どの階からも一階が見下ろせる。

なにがですか？

あの噂。どれが本当なのかしらね。

さあ、そんなところにまた来たいと思うでしょうか。

ブラック・ゼロだって、ほかの人と変わりませんよ。デパートを訪れる人の目的は一つでしょ？　自分に必要なものを求めて、買いに来る。

横から割りこんできたユンの言葉に、キョンはそのとおりだとうなずき、私はユンに、ユニフォームを着ているときは〝お客様〟と言うよう注意した。ユンは聞き流し、ブラック・ゼロを指で差した。

ブラック・ゼロは挨拶を求めて。私たちはお金を求めて。

ブラック・ゼロが裏門から出ていくと、待ってましたというようにスピーカーからクラシック音楽が流れてきた。先着順のセールでもなければ、開店と同時に客が押し寄せるなどということはない。スタッフたちは売り場に引っこみ、店内は客がのんびりしすぎることもせっかちになることもない、ちょうどいいリズムの音楽で満たされた。

ここって、ひょっとすると胎教にいい空間かもね。穏やかな音楽と明るい照明、聞こえてくるのは親切な言葉だけでしょ。見て、触って、羽織ってるうちに、ここにあるすべてが自分のものみたいに感じられもするし。これぞゆとり、みたいな。

わずか五坪の売り場を一日中磨き上げるゆとり。知らない人のご機嫌を何百回とうかがうゆとり。親切のゆとり。私はキョンの顔を見ながら心のなかでつぶやいた。ゆとりのゆとり。

働けるってのは幸せなことよ。

キョンが言うと、ユンは首を振りながら、理解できないと言った。

理解できない？

キョンが笑った。三十前のキョンと、二十歳のユンと、二十三歳の私はしばし沈黙に浸った。キョンの目に映る私とユンは、似たような表情を浮かべていたことだろう。

開店時の挨拶が終わっても売り場の入り口にぼうっと突っ立っているユンの背中に向かって、心のなかでこう訊いた。あなたには理解できない？　ユンがつっと更衣室へ向かう。そして間もなく、バッグを手に売り場に戻ってくる。キョンのユニフォームを着たままで。

オンニ、昨日、どうして急に休んだんですか？

私は答えられなかった。ユンは返事など聞くつもりもない様子で、そのまま売り場を去っていく。私は、ユンがもう戻ってこないことを知っている。このまま出ていけば今月ぶんの給料を全額もらえなくなるという脅しも、〝警告〟なぞ一時間ほど親切教育に付き合えば帳消しになるという慰めも通じないだろう。言ったところで無駄なことも知っている。

私が休まなければ、それなら、ロイヤルの客に辱められてクビになっていたのは私だったろうか。私だったら、相手の気分を逆撫でしていなかったかもしれない。意地悪なことを言われても、ぎゅっと目をつぶってただちに頭を下げていたかもしれない。私は先週、親切社員の特別教育を受けた。講師から褒められ、親切社員のバッジももらった。だから、私なら大丈夫だったかもしれない。もしかすると。ひょっとすると。

勤務日誌を開く。〝警告〟と書かれたユンの丸文字を見る。その横に〝無断退勤〟と書き加える。頭上では防犯カメラが作動している。

お昼の時間まで、売り場に入ってくる客はひとりもいなかった。通路側に置かれたワゴンに視線を向ける客はいても、それで終わりだった。エスカレーターのそばに他社の下着売り場が入ってからというもの、売り上げはがた落ちした。本社からデパートに抗議文を送ったものの、返ってきたのは善意の競争をするようにという回答だけ。マネージャーは、抗議文などなんの効力もないと言った。売り上げに付いてくるインセンティブがなくなると、給与明細に記された基本給のみの数字はじつにシンプルだった。新規の売り場ではさまざまに銘打ったイベントをくり広げ、贈呈品を惜しみなく配った。

本社では、イベントや贈呈品は不経済だと見ていた。かといって、売り上げが落ちているのに手をこまぬいているわけにもいかない。顧客リストが送られてきた。ひとりひとりに電話をかけて、新商品の説明をしたりセールの予定を知らせること。誕生日にはお祝いのメッセージを送り、天候や季節の話をしながらご機嫌うかがいをすること。ほかの支店ではかなり効果があったという。

キョンもユンもいない。交替する人がいないので、お昼も食べられないまま電話をかけつづけた。たいていが十秒以下の通話に終わった。こちらから話を切り出す前に、忙しいからと電話を切られる。いちばん長いものでも、言えたのはデパートの名前と売り場の名前まで。人々は一様に忙しく、この世には大事な電話がごまんとあった。隣のバッグ売り場のスタッフが、なぜ食事に行かないのかと訊いてきた。私は、キョンがクビになり、ユンが無断退勤して交替する人がいないこと、そのうえ、午前中に終えるはずだったセール案内の電話がまだ半分以上も残っているのだと長々と説明する代わりに、ただ笑って見せた。スタッフは私に笑い返してから、スタッフ用の非常階段のドアを開けた。そのあとを追うように、ファッション売り場と靴売り場のスタッフがマネージャーと一緒に地下へおりていった。

バッグ売り場では、地下二階の構内食堂で使える食券が支給される。本来はマネージャーと警備員が食事をする場所だが、食券を購入すれば誰でも利用できる。ごはんとスープに、メインのおかずと副菜が三つ付いて三千八百ウォン。たとえ交替する人がいても、私がそこで食べることはない。私のいる売り場では食券が支給されないのだ。そもそも、お昼休憩は交替で二十分ずつ。食品売り場のタイムセールでパンを買い、更衣室の隅で大急ぎで胃に詰めこむのが精一杯だ。

マネージャーが席を外すと、そこかしこからスタッフたちの息をつく声が聞こえてくる。大通りを挟んで向かいに住商複合のショッピングタウンが建って以来、この古めかしいデパートの売り上げは右肩下がりとなった。めぼしい店舗は、映画館やディスカウントストア、子ども向けテーマパークとともにショッピングタウンにできた、新しいデパートへと移転した。売り上げが落ちるにつれ、マネージャーたちは売り場スタッフを追いこんだ。バッグ売り場のスタッフが自分のカードで新商品を買うのを何度も見かけた。靴売り場のスタッフは毎月のように家族の靴を買った。私が履いているのも、靴売り場のスタッフに値引きするからひとつだけと頼みこまれて買ったものだ。彼が割り引きぶんを自費で負担しているのを、私は知っていた。靴を脱いだ。いざ締めつけから解放されると、とたんに足がしびれてきた。レジカウンターにもたれて受話器を取る。片肘をついているところをマネージャーに見られたら、間違いなく〝注意〟を受けていただろう。

着信拒否のメッセージを最後に、午前のノルマは終わった。中腰になってカウンターに背中をもたせかけ、脚をもむ。ワゴンとマネキンのおかげで外からは見えないはずだ。キョンが見つけた死角だった。売り場にあったスタッフ用の椅子は見た目によくないからと片付けられてしまい、束の間座って休むこともできない。

ゆったりした足取りで通り過ぎていく客たちの脚が見えた。デパートをよく利用する客は、ためらったりきょろきょろしたりすることがない。目的の売り場へ行って、目的の品を買う。よそ見などしないのだ。特別なイベントやタイムセールの声を上げて初めて、そういう客を振り向かせることができる。デパート側は客引き行為を禁じていたが、本社からは事あるごとに尻を叩かれた。

待ってたってどうしようもないじゃない。マネージャーの目を盗んで要領よくやらないと。

靴を履きなおして体を起こした。エスカレーターで二階に上がってくる客が見える。デパートは初めてに違いない。エスカレーター脇にあるこの階の案内図を見ている。あの客はきっと、フロアを一周しても欲しい品を見つけられないだろう。二周、三周しても同じかもしれない。おそらくは、デパートの全フロアを周っても。そのうち偶然入った売り場のスタッフにつかまり、動線を把握できないがためにほかの客たちとぶつかり、セールの棚をかき回してがっかりする。そんなふうにさ迷いつづけるだろう。自分の求めるものがわかっていないから。私はああいう客に声をかけるべきなのだ。要領よく。


　食事から戻ったバッグ売り場のスタッフに留守番を頼んだ。お腹が空いてどうしようもないから、二十分だけ頼むと。更衣室のロッカーからバッグを取り出す。なかに三十万ウォン入りの白封筒が入っている。私が受けた〝親切教育〟を生徒たちに伝授してもらったお金。そこから一万ウォンを抜き出す。親切教育はデパートの休業日に行われた。締め切られたデパートで、講師を相手に挨拶し、新製品を紹介した。

　とてもいいですね。その調子ですよ。

　キョンは積極的に商品を紹介しようとしなかったせいで、ユンは服装と態度のせいで減点された。もっと深く、もっとほがらかに。私は生徒たちの背中に手を当てて、深々と頭を下げさせた。脚を揃えさせ、何度も「いらっしゃいませ」と叫ばせた。探される前に駆けつける、訊かれる前に答える、要領よくね、と教えた。親切社員のバッジにあるウサギのマスコットのように笑えと。

　スタッフ用の非常階段は暗い。明かりは、ところどころにある非常口の緑色のランプがすべてだ。壁をつたいながら下へ、下へとおりていく。構内食堂は、トレーをテーブルに置くなり食べることに集中する人たちでいっぱいだった。遠目には、全員が同じスピードで腕を動かしているように見える。トレーに視線を固定したまま、さっさと片付けるべき課題に向き合っているかのような人々のなかに、ヨンを見つけた。

　おつかれ。

　ヨンの向かいの席にトレーを置いた。ヨンは顔を上げてちらりと私を見たが、食事の手は止めなかった。同じ高校出身のヨンは、サービスセンターで電話受付をしている。放送部でアナウンサーをしていたころは、漫画の主人公のようなはきはきした声で「本日の学校ニュース」なんかを伝えていたのに、デパートで再会してみると、本当に同一人物かと疑われるほど声に覇気がなかった。口にごはんを押しこんでいるヨンのつむじを見ながら、ふと、ヨンが泣いているような気がした。

　変なことがあってさ。

　電話に出ると、いきなり猥褻なことを言ってきたり、年を聞くなり勝手に運勢を占ってくる人がいると言っていた。ほかのデパートで買った品について文句を言ったり、ある売り場スタッフの名前を挙げて連絡先を教えてくれと頼んできたりする人もいるという。またそういう人がいたのかと思い、私は次の言葉を待った。試着室で新しい下着に着替え、自分が着けてきたものを試着室に脱ぎ捨てていく客や、さんざん着古した下着を洗濯もしないまま持ってきて返品する客もいるという話をしてあげようと思った。

ありがとうございますって言うの。

え?

私に、ありがとうって。

なにが?

親切に説明してくれたおかげで気になってたことが全部解決したって。ありがとうございますって言うの。でも、それじゃだめなのよ。私がありがとうございますって言わなきゃ。こっちからは切れないから、向こうに切ってほしいんだけど、私がありがとうございましたって言うと、向こうもはい、ありがとうございましたって。そうやってありがとうございましたって言い合ってたら、向こうが急に笑い出して、ぷつんと電話が切れたの。それからずっともやもやしてて。

そうなんだ。

私はごはんをつついた。表面がやや乾いた白米のごはんと薄いスープ、白菜キムチと雑魚炒めとほうれん草の和え物、焼いたホッケがひと切れ。メニューを覚えそうなほどトレーを見つめていると、ヨンが席を立った。ヨンのトレーはきれいに平らげられていた。

あのオンニはどうなった? 妊娠したって言ってたけど。

キョンを先輩と呼んでいたのは私だけらしい、そんな思いが先立った。キョンのお腹を思い出そうとしても、これといった印象がない。ということは、まだ大きくなってはいなかったようだ。キョンはきっと、隠せるまで隠し通すつもりだったのだろう。妊娠すれば退職願を出すというのが暗黙のルールだった。臨月を迎えても、出産後も、決まった休み以上に休むことはできないのだから、結局は時期を見計らって退職願を出すことになる。私は急いでごはんを詰めこんだ。

閉店時間が迫っているというのに、売り上げはさっぱりだ。もう二階に上がってくる客はいないだろう。レジカウンターの内側にしゃがんで、今日出た商品の内訳を見る。月末には各スタッフの実績について本社からコメントが届く。でも、今月はキョンがいない。ユンもいない。私だけだ。比べることができないのだから、本社から急き立てられることもないだろう。そう思うと、妙な気分になった。ほっとしたような、わびしいような。

驚いて立ち上がった。売り場に客が入ってきていた。それも、しごく見覚えのある客。

いらっしゃいませ。なにかお探しでしょうか?

ブラック・ゼロはなにも答えず、売り場に並ぶ商品を一つひとつ手に取って見はじめた。一階の屋外売り場でアクセサリーを売っているスタッフが、いつの間にかブラック・ゼロの後ろから入ってきて、手の平ではなく手の甲で拍手をした。〝危険〟という合図だった。いつまでも持ち場を離れていられないので、スタッフは小走りに戻っていった。ブラック・ゼロは、アクセサリー売り場で使われるミニサイズのショッピングバッグを手に提げていた。ブラック・ゼロが買い物をしたのだから、もうブラック・ゼロとは呼べない。お客様だった。

お客様が陳列台の商品を指差した。

はいお客様、こちら、今月出たばかりの新商品でございます。

そちらは先月いちばん売れた商品となっております。ほかのカラーもございますが、お持ちいたしましょうか。

お客様、たいへん申し訳ございません。こちらの商品は在庫がこの一点のみとなっておりますが、かまいませんでしょうか。

試着室はあちらになります。ただいま準備いたしますので、少々お待ちください。

丁寧な物言いと落ち着いた口調は、売り場スタッフとして採用された際、日に八時間の教育を三日間受けて身につけたものだ。常に下手に出ておけば万一の危険を回避できる、とマネージャーは言った。でも、万一というものは案外範囲が広く、避けるにも限界があった。ユンは度の過ぎた間違った敬語を使いたくないと自分なりに言いなおして、頬を引っぱたかれそうになった。キョンは教えられたとおりに接客したが、心のこもらない話し方が気に障ると不親切なスタッフに挙げられた。間違った敬語が不快だとクレームをつける客もいた。でも、本当に疲れるのは、そんなふうに細かい部分にけちをつけてくる客ではなく、めったやたらに怒り出す客だった。そのため、〝話し方教育〟はますます具体的になっていった。

試着室に入った客がドアを細く開けて手招きをした。客の試着を手伝うのは業務のひとつだったが、いま売り場にいるスタッフは私ひとりだ。こういった場合の行動指針はマニュアルにない。そもそも、売り場にスタッフがひとりという状況などあってはならないのだ。おまけに、相手はブラック・ゼロ。さっきの〝危険〟の合図もあって、私はためらった。でも、それもほんの束の間だった。ほんの束の間だったのに、試着室のドアが勢いよく開き、半裸の客、いやブラック・ゼロが、金切り声を上げながら飛び出してきた。私は床に押し倒された。

　警備員に起こされた。ブラック・ゼロはいまだに上半身裸のままで、なにか叫んでいる。私は押し倒されたうえに蹴られたようだった。パニック状態のなかで、全身に痛みを感じた。いつの間にか売り場の外まで追いやられていた。マネージャーが大きなタオルを手に駆けつけ、ブラック・ゼロの体をさっと覆った。

　マネージャーが私の隣に立った。警備員がブラック・ゼロを両脇から支えるようにして私と向き合わせた。なにをしろと言われているのかはわかる。そうすべきことも。それなのに、言葉が出てこなかった。マネージャーが肘で脇をつついてきた。始めなさい、いまだと。客やほかの売り場のスタッフたちが、興味津々といった様子で周囲を取り囲んでいた。なかには携帯をかざしている人もいる。動画か写真を撮っているんだろう。ビデオ通話で誰かに生中継しているのかもしれない。キョンのように、私もポータルサイトに掲載されるのだろうか。依然戸惑っていると、マネージャーが口火を切った。

　お客様、たいへん申し訳ございません。どうか寛容なお心で、わたくしどもの不手際をお許しください。

　キョンもこんなふうに謝ったのだろうか。店長室へ引っ張られていくキョンの姿を想像してみる。オンニ、ほんとにそう思ってるんですか?　そう訊いていたユンのぴんと伸びた背中も。

　先輩、やってられないって思うことはありますか?

　次の質問で最後だという先生の言葉に、ある生徒が手を挙げて尋ねた。笑いが起こるものと思ったのに、みんなの眼差しは真剣だった。あのときなんて答えたんだっけ。マネージャーがくり返した。

お客様、たいへん申し訳ございません。どうか寛容なお心で、わたくしどもの不手際をお許しください。

私はユンに言った言葉を、自分自身に向けた。適当に合わせとけばいいのに。そう、それでいい。マネージャーが、これで最後だというように、私の目をまっすぐ見つめてもう一度口を開く。ほんとにそう思ってるんですか？　ほんとに？　ユンの声が耳を離れない。私は生徒たちになんて答えたんだっけ？

お客様、たいへん申し訳ございません。

どうか寛容なお心で、わたくしどもの不手際をお許しください。

どうか寛容なお心で、わたくしどもの不手際をお許しください。

ブラック・ゼロが泣きだした。

その日、私への〝警告〟はスピーカーから流れてこなかった。私はほっと息をついた。ブラック・ゼロは警備員たちと一緒にエレベーターに乗った。どこへ行ったのだろう。ブラック・ゼロはロイヤルではないから、店長室ではないはずだ。ブラック・ゼロは明日も開店時間に現れるだろうかと、賭けをするスタッフもいた。

閉店を告げる音楽が流れはじめた。すべての客が帰ったことを確認した警備員の合図によって、外側のイルミネーションから内部のホール照明までが順に消えていく。レジカウンターの小さな電球を頼りに店じまいをする。明日からセール期間だ。その準備で、いつもより店じまいに時間がかかった。ほかの売り場のスタッフたちもイベントの準備で忙しそうだった。凝った首を反らせて天井を仰ぐと、いくつもの売り場の照明が反射して、夜の海に浮かぶイカの背中のようにきらめいていた。

　疲れたスタッフたちは、床にはめこまれた誘導灯のかすかな明かりを頼りに移動した。音楽も照明も、挨拶をするスタッフもいないが、ユニフォームを脱いだ彼らは、まるでデパートを訪れた客のように見えた。同じ売り場のスタッフ同士が、低い声でおしゃべりしながら歩いていく。私は足元に気をつけながら、黙ってそのあとを追った。ユンは明日も出勤しないつもりだろうか。このまま給料をもらいそこねたら、旅行の計画はどうするのか。キョンはどうなっただろう。もしかすると明日の開店に合わせて、ブラック・ゼロではなくキョンが現れるのではないか。

　通用門を抜けて見上げたデパートは、体をこごめた巨大な獣の、くたびれた背中のように見えた。外壁にはセールの垂れ幕がかかっている。スタッフたちはうんざりしたように垂れ幕を横目でにらむと、それぞれの家路についた。キョンに電話してみようか。ユンにメッセージを送ってみようか。携帯を探そうとして、バッグがないことに気づいた。私はユニフォーム姿のままだった。

　扉を押してみた。当然のごとく開かなかった。

犬五匹の夜

人々は浮かれていた。車内は静かで、会話はおろか大きな息遣いさえ聞こえてこなかったが、ジユはバスに乗った瞬間、全員が上気しているのがわかった。窓の外も時計も見ない。急いでいるようにも焦っているようにも見えない。停まっているバスのなかで、すでにずっと先を走っている人々。ジユは彼らのあいだを通り過ぎ、バスの最後部座席へ向かった。四十五ある座席に空席はなかった。

通路でうろうろしているジユに気づき、タバコを吸っていた運転手がバスに乗りこんできた。早くもくたびれている様子だった。ジユは、彼のしわくちゃのシャツとはねた後ろ髪を見た。午後遅くに出発して深夜に到着する夜間運転は、出発もしないうちから彼を疲れさせていた。彼の目に、車内の人たちはどう映っているのだろう。

運転手はジユを見やってから、バスの内部をぐるりと見回した。それからもう一度ジユを見た。ジユと彼の視線がさっと行き違った。彼は短いため息をついてから、運転席の真後ろの二席に積み重ねられている箱を通路側の席に寄せた。ジユはその隣、窓側の席に体を滑りこませた。箱から冷めた油のにおいがする。食べ物が入っているようだった。前輪の上なので、足下が多少盛り上がっている。膝を立てて座ると、足首に力が入った。車酔いをしない体質でよかったとジユは思った。

できるだけ深く腰かけて目を閉じた。前には運転席、左にはカーテンのかかった窓、右には積み重ねられた箱と、四方が固められている。ジユはそっとカーテンを開いて外を見た。まだ日は暮れていない。長い夏の日がゆっくりと傾き辺りが暗くなってきたら、バスは動きだすだろう。エンジンのかすかな振動が伝わってくる。深い茶碗によそわれた炊き立てのごはんのように、なんともいえない落ち着きを感じた。眠気が訪れた。

目を覚ましたとき、バスはサービスエリアに停まっていた。簡易トイレとガソリンスタンド、雑貨店があるだけの小さな休憩所が窓外に見えた。どの看板も明かりが消えていて、物寂しい印象を与える。ジユはふと、廃墟と化した村が舞台となった映画のワンシーンを思い出した。映画を観ながら、人が作った空間は、人がいなくなるとこれほどわびしくなるものかと考えた。山や海は放っておいても青いままなのに、町はどうしてこうも色褪せていくのか。

食べますか？

ジユの前にすっと手が伸びてきた。若い男がハンバーガーとコーラを差し出していた。

大丈夫です。

男はジユの隣に置かれた箱からハンバーガーを取り出し、人々に配っていた。その下の箱にはコーラが、もうひとつ下の箱にはクリームパンが入っていた。

パンもありますよ。

大丈夫です。

お腹空きませんか？

水はありますか？

男は通路の向かいの席に積まれた箱を探って、ミネラルウォーターを見つけ出した。箱の合間から、ジユの席と同じく人ひとりがすっぽり納まりそうな席が見えた。そこが男の席なのだと、訊かずともわかった。

　ありがとうございます。

　人々はハンバーガーとコーラを受け取り、順にバスを降りていった。ジユも外へ出た。人々は思い思いの場所に腰を下ろしてハンバーガーを食べはじめた。その光景は、どことなく避難民の行列を思わせる。でも、彼らの顔ににじんでいるのは悲惨さというより悲壮さであって、まるで苦行の途にある修道士のようにも見えた。

　駐車場には、ジユとバスだけ。人々は遠からず近からずの距離を置いて、バスが見える場所に陣取っている。ジユも適当な場所を見つけて地べたに腰を下ろした。運転手はバスのそばに横たわっている。束の間でも体を伸ばしたいのだろう彼の気持ちがわかる気がした。車内で曲げっぱなしだった膝を伸ばすと、ふくらはぎにしびれが走った。

男は人々の合間を行き来しながら、追加でハンバーガーを渡したり声をかけたりと奔走していた。このバスの引率者のようだった。男は、ばらばらに座っていた人たちを一カ所に集めていった。男に従って、みんなはバスの前方に大きな円座を組んだ。男がジユのほうへ歩いてきた。いつの間にか、離れて座っているのはジユだけになっていた。

今日が初めてですよね?

はい。

窮屈な席に当たってしまいましたね。

大丈夫です。

男はそれ以上なにを言うでもなく、膝を少し屈め、体をややジユのほうへ傾けて立っていた。ジユはふと、自分の短い袖から突き出た腕に鳥肌が立つのを感じた。おのずと体が縮こまった。

夜は思いのほか寒いでしょう?

はい。

行きましょうか?

男が人々に言った。二時間後に目的地へ到着すると。現場の状況は思わしくないと。人々はうなずいたり小さく答えたりした。すでに承知していることを再確認するような冷静沈着さがあった。ジユは、男の言うことを肝に銘じようと耳を澄ませているのは自分だけであることに気づいた。

おいでいただきありがとうございます。

男が頭を下げると、みんなが静かな拍手で応えた。男は気恥ずかしそうな様子で、空咳をしながらハンバーガーの包装紙と空き缶を拾い集めに行った。ハンバーガーの包装紙にはスマイルマークと応援メッセージが、コーラの缶にはある団体のマークとおぼしきシールが貼られていた。

人々は誰からともなく、隣の人と話しはじめた。あたかも当然の手順であるかのように会話が始まり、ジユも両脇の人と短く言葉を交わした。

初めてみたいですね。

はい。

思ったより大変でしょう？

大丈夫です。

ジユは、初めて来たのだろうと言われるたびに、不思議に思った。どうしてわかるのだろう。じっと周囲を観察してみた。ほかの人たちはそんな質問から入っていない。ハンバーガー食べましたか？　今日は道が空いてるほうですね。このバス、ちょっと揺れませんか？　たわいもない話題で共感を分かち合い、そこに仲間意識を見つける会話。ジユは、そういった会話をしている人々が皆、同じような表情と声をしている気がした。

ふと、彼らだけの内々の暗号があるんじゃないか、お互いを認識する目印があるんじゃないか、そんなことを思った。それを知らない自分に、もしや敵対的な態度をとってくるんじゃないか。

そんなことを思うと、ジユは急に怖くなった。円座は徐々に崩れはじめ、人々は三々五々におしゃべりしていた。話しかけてくる人はいなくなり、ジユはぼんやりとバスを見つめた。

それでいけそうですか？

はい？

足、痛くなるんじゃないかと。

男がジユの靴を指した。細い紐で足を固定する、ぺたんこのサンダルだった。ジユはそこで気づいた。なぜ自分が、彼らのなんでもない会話にすっとなじめないのか。

みんな似たような格好をしていた。ゆったりしたTシャツに長ズボン、スニーカー。リュックは背中にぴったりくっつくもの。夜を明かす準備ができていた。ジユだけが、袖の短いブラウスに短パンといういでたちだった。バスに置いてきたバッグを思い浮かべた。財布と携帯だけが入った小さな皮のバッグ。

大丈夫です。

いまさらどうにもならなかった。大丈夫と何度くり返しているのだろう。いまとなっては大丈夫であることを祈るしかない。

とても長い夜になると思います。

男が空を見上げながら言った。男の足元は登山靴だった。ジユは思った。ハンバーガーを食べておくべきだったかもしれない。

男がゆっくりとジユのほうを振り向き、目を合わせた。

ここにはどうやって？

バスが再び走りだした。隣の席の箱がなくなり、ルームミラーを通して車内が見えるようになった。人々は低い声で隣の人と話をしている。ルールでもあるかのようにおしなべて一定のボリュームで話していて、合唱でも聴いているような錯覚に陥る。ときには意見のずれもあるのか、そこだけ言葉がはね上がることもあったが、すぐに静かになった。

ジユは、反対側の席で目を閉じている引率者の男をのぞき見た。男の隣には、いまもってミネラルウォーターの箱が積まれている。バスがカーブに差しかかるたびにたぷたぷと水の音がする箱の向こうで、目を閉じている男も一緒に揺れた。

ジユがなにも答えられないでいると、男はすぐに謝った。

問い詰めているように聞こえたならすみません。

単純な質問であることは、ジユにもわかっていた。けれど、ジュニを捜しに来たのだと明かすこともできなかった。なんとなく、そんな理由ではいけない気がした。ジユは、ここに集まっている人のほとんどが答えそうな、そんな返事をしたかった。でも、言葉が出てこなかった。実際、ジュニを捜しに来ただけなのだから。そこに行けばジュニに会えるかもしれないと。

初めはジュニだとわからなかった。テレビのなかのジュニは、キャップを目深にかぶり、マスクをしていた。深夜のリポート番組のひと幕だった。ジユはパジャマのズボンに片足を突っこんだまま、しばらくテレビに見入っていた。ジュニはカメラにじっくりとらえられることはなく、画面の端に数回ふっと映りこんだだけだった。馬鹿なことだとわかっていても、テレビをつかんで角度を変えてみずにはいられなかった。

その日は、ジユが解雇通知を受けた日だった。ロッカーの作業服と歯ブラシを鞄に詰めながら、ジュニが解雇されたときのことを思い出していた。工場が三交代制から二交代制になるのを機に、リストラを行うと告げられた。三人でやっていた仕事を二人ですることになるのだから、そうして当然ではないか。ジユは漠然とそう考えた。給料も上がり、夜勤手当もつくという。いいことじゃないか。新しいタイムスケジュールを確認しようとしたとき、組長がジュニに、明日から来なくていいと言った。

帰り道、ジュニはひとこともしゃべらなかった。ジユは言った。

心配ないよ。また仕事を見つければいいじゃん。

ジユは、そんな自分をまじまじと見つめていたジュニの表情を思い出した。なんでそんな顔するの？　絶対にありえないことが起きたみたいな。ジユは、そのとき言えなかった言葉をひとりつぶやいた。すると、悔しくてたまらない気持ちになった。人の過ちをなすりつけられたような気分。その濡れ衣を晴らす機会は永遠に与えられないのではないかという不安。

同じだった。明日から来なくていい。組長はそう言った。二人でやっていた仕事を一人ですることになったらしい。じゅうぶんありえることだと思った。三人でやっていた仕事を二人ですることになったとき同様、そうなるというのならそうすべきではないか。ジユはうなずいた。ふと、肩の凝りを感じた。背伸びをしようとしただけなのに、涙が出た。疲れてるみたい。とっとと家に帰ってぐっすり眠りたいと思った瞬間、ジュニの不在が初めて実感として迫ってきた。

ところが、テレビのなかにジュニを見つけたのだ。ジユはしばらくテレビと格闘していたが、番組はそれ以上ジュニを映すことのないまま終わってしまった。ジユはインターネットで、ジュニが映っていたシーンの背景について調べた。動画も手に入れ、何度も見返した。食事の途中で、歯磨きの途中で、布団にもぐる途中で、ジユはモニターの前へ舞い戻って動画を見た。

ここにはどうやって？

男の質問を文字どおりに受け取って「地下鉄で」と答えるか、もう少し詳しく「ネットでバスに乗る人を募集していたから略図をプリントアウトして」と答えていたら、男はどんな表情を浮かべていただろう。そういう意味でないことはわかりきっていても、それでもそんなふうに、一辺倒な返事をしていたら。

どうやって。

〝どう〟という質問は重すぎると、ジユは思った。〝なぜ〟とも〝なに〟とも〝だれ〟とも〝いつ〟とも〝どこから〟とも取れる質問。ありとあらゆる疑問符に満ちた質問。そのためにかえって、あらゆる返事を阻む質問。ジユは〝どう〟という言葉を訊くと、それこそどう答えていいやらわからなくなった。

これからどうやって生きてくつもり？

だから、ジュニにそう訊かれたときも、ジユは答えられなかった。どうしてそんなこと訊くの？　なんて言ってほしいの？　どんな答えを望んでるの？　頭のなかのはてなをぶつけることもできなかった。そうしてはいけない、そんな気がしたからだ。

ジユは、いっそジュニに問い詰めてほしかった。質問の数が増えれば、ジュニの求める答えがわかるかもしれなかった。ヒントをちょうだい。でも、ジュニはジユの目をじっと見つめるばかりで、ジユは結局なにも言えなかった。

〝どう〟と訊いてくる人は、質問しながらも自分がなにを訊いていいのかわからないのではないか、とジユは思った。あらゆる疑問符に満ち、あらゆる返事を求める質問。なにを訊いていいかはわからずとも、なにを聞くべきかは承知している質問。訊く人と答える人が互いに通じ合っていてこそ成立する表現。そう感じた。でも、どうしたらそんなことが可能なのだろう。そんなこと、可能なのだろうか。どうしたら。

ジユは次々に浮かんでくる記憶を振り払うためにかぶりを振った。目的地に着いたのか、バスがゆっくりとスピードを落とす。ギアを変える運転手の痩せた腕が見えた。

なにか手違いが生じたようだ。バスはこれ以上先に進めないという。車内の人々が入れかわり立ちかわり引率者の男のもとへやって来て、状況を尋ねた。男はどこかへ電話をかけたり、外へ出てみたりもしたが、バスは一向に動かない。ジユはカーテンを開けて外を見た。ほかにもバスがあった。ジユと同じように、カーテンを開けて不安げに外の様子をのぞいている人たちが見えた。

食べませんか？

黒縁メガネをかけた女が、ジユの隣に座った。手にクリームパンを持っている。ジユは首を横に振った。

大丈夫です。

ほんとに？　さっきも食べてなかったみたいだから。

お腹が空いてなくて。

でも、食べておいたほうがいいですよ。

今夜は長くなりますから。女はそう言って、ジユにクリームパンを差し出した。ジユはつられるようにそれを受け取り、袋を破いた。長いあいだ室温にさらされて傷みはじめていたパンから、つんと酸っぱいにおいがした。夜勤で配られていたパンに似ていると思うと、口に入れるのは難しくなかった。

私も最初はそうでした。

え？

こういう場に慣れてなくて、気まずかったんです。

ジユはゆっくりパンを噛んだ。大丈夫だった。その様子を見ていた女は、ほかの人たちにもなにか話しかけ、席を立って消えたかと思うとすぐに戻ってきた。それから、ジユがパンを食べ終わるころに訊いた。

コーヒー飲みますか？

コーヒーなんてあったっけ？　ジユが隣の席に積み上げられていた箱のことを思い出しているあいだ、女はバスの後部に足を運んだ。そして戻って来ると、コーヒーの入った魔法瓶のふたを差し出した。

あると思ったんです。みんな準備万端ですから。

女が笑い、ジユも笑った。バスがゆっくりと動きはじめた。

ジュニの解雇から間もないある日、ジユはジュニと一緒に大型スーパーに出かけた。ジュニはまだ次の仕事を探しておらず、ジユは週に一日だけ休めた。家事や買い物をしてくれてもいいものだが、ジュニは一日中部屋に閉じこもって、寝るかテレビを観ていた。やっとのことでジュニを連れ出すことに成功したことや、ふたりで出かけるのは久しぶりだったこともあり、ジユはエコバッグとクーポンを忘れてきたことがどうでもよくなるほどご機嫌だった。

あのお菓子、初めて見るね。ひとつ買おっか？　今週給料日だから、買ってあげる。

ジュニは無言だった。おやつに目がないジュニに小言ばかり並べていたことが思い出された。無性に気がとがめて大きなその箱を持ち上げたとき、ジュニはすでにずっと先を歩いていた。

待って、ちょっと待ってよ。

ジユはお菓子を手にあたふたとジュニのあとを追った。牛乳の賞味期限を確かめているときも、セール中のメーカーの缶詰を探しているときも、ジュニはすたすたと先に行ってしまった。

レジの前には長い列ができていた。十台あるうちの二台しか稼動していない。〈ご迷惑をおかけします。別のレジをご利用ください〉という案内プレートがぶら下がるレジには、ゴミの山ができている。ジユが列の後ろにつくあいだに、ジュニはレジをすり抜けて出口へ向かった。背後には早くも長い列ができていたため、ジユは店を出ていくジュニを見つめることしかできなかった。

百ウォンでレジ袋を買ったものの、全部は収まりきらなかった。ジユは、お菓子の大きな箱を脇にはさんで帰宅した。玄関を叩いても返事はない。荷物を一度下ろし、鍵を開けてなかへ入ると、ジュニは床にうずくまって足の爪を切っていた。

開けてくれればいいのに。

パチ。

荷物、受け取ってくれない？

パチ。

聞いてる？

パチ。

どうしたのよ？

すべて切り終わったのか、ジュニは床に散らばった爪を一カ所に集めると、またもや小さくうずくまった。ジユはお菓子の箱をジュニの前に置いた。ジュニはぼんやりした目でお菓子の箱を見つめていた。そしてやにわに、そうして当然のごとくテレビをつけた。

翌日も仕事から帰ると、家は出る前と変わらず散らかっていた。ジユは床を掃いて磨き、夕食の支度をした。キッチンはぴかぴかだった。ジュニは一日中、なにも食べていないらしい。食事の用意ができると、ジュニを起こした。

ごはんだよ。

こちらを振り向かせると、ジュニが寝ていたわけではないことがわかった。ジュニはうつろな目を見開いていた。

ほら、ごはん食べよ。

ジュニはしぶしぶ体を起こして食卓についた。

箸まで握らせてあげなきゃだめ？

ジユが言うと、ジュニは眉をしかめて箸を持ち上げた。ジユが言った。

あんまりじゃない、ジュニ？

口にしてみると、本当にあんまりじゃないかと思った。ジュニが答えた。

うん、あんまりだよ。

バスはいくらも行かずにまた停まった。

まだかかりますか？

ジユが訊くと、引率者の男がフロントガラスの向こうを指した。

いえ、もう目の前です。

ジユは前屈みになって首を伸ばし、遠くの高みを見た。かすかに明かりがちらつくのが見えた気がした。

じゃあ、どうして停まってるんですか？

道をふさいでいるんです。

男が困ったようにはにかんで、また言った。

人が道をふさいでいるんです。


　女は百日以上もそこにいた。人間が最も恐怖を感じるという高度を超え、鳥が巣を作らなくなるという高度を超え、パラシュートを開くとかえって一気に上昇してしまうという高度を超え、頭をぐっと反らせなければ見えない遥かなる高みに。

　テレビに映る女はやつれて見えた。周囲が騒がしかった。金属がぶつかる鈍い音や、風が吹きすさぶ音、遠くから聞こえてくる歌声が入り混じり、女の声ははっきり聞こえなかった。ジュニがテレビのボリュームを上げた。

　皆さん、〝犬五匹の夜〟という言葉を知っていますか？　オーストラリアの原住民たちに伝わる言葉で、凍えそうな夜、彼らは飼い犬を毛布代わりにしたそうです。犬を五匹も必要とする夜はどれほど寒いことでしょう。それでも、五匹の犬たちと過ごす夜は、どれほど暖かいことでしょう。皆さん、皆さんは私にとって、この夜を耐え忍ばせてくれる温もりです。皆さんの力添えがなくてはならないほど、不安で寒いこの夜。それでも、皆さんのおかげで、夜明けは必ず来ると信じられます。ありがとうございます。心から感謝しています。

　ジユ。

ん？

私たちにも五匹の犬がいるのかな。

五匹の、犬？

そう、夜を耐え忍ばせてくれる犬。

ジユは訊きたかった。私はあなたの温もりになれないの？　あなたは私の温もりになれないの？　ジュニはジユの答えなど期待していない様子で、テレビを消し寝床を敷いた。ジユは、背中を向けて横たわっているジュニの隣に身を横たえた。

これからどうやって生きてくつもり？

ジユがちょうど寝入りそうになったとき、ジュニが寝返りを打って言った。なに？　そう問い返したのか、それともそのまま眠ってしまったのかはよく覚えていない。朝目覚めると、ジュニがいなくなっていた。そして二度と戻ってこなかった。

ジュニはなにを訊きたかったのだろう。ジユは、最後まで理解できなかったジュニの問いについて考えつづけた。ジュニはどんな返事を聞きたかったのだろう。それが知りたくて、ジユはバスに乗った。

ひとまず降りましょう。

誰かが言った。引率者の男がうなずくと、バスのドアが開いた。ジユは黒縁メガネの女に紹介され、魔法瓶のコーヒーをくれた男に挨拶した。

ごちそうさまでした。

いえ。

どこかジュニの声に似ていて、ジユは相手の顔をまじまじと見た。

なにか付いてますか？

いえ、知り合いに似ていて。

そうですか。

魔法瓶の男は慣れた様子で鞄から折りたたみ座布団を取り出し、地面に敷いて座った。ジユも彼の隣に腰を下ろした。どうしてジュニに似ていると思ったのだろう。よく見れば、体格も顔つきもまったく違うのに。

ええ、私、人を捜しに来たんです。

人々はバスを仕切り代わりに、それぞれの場所に腰を落ち着けた。ほかのバスからも人が降りてきた。バスごとに、全員がおそろいの色のTシャツを着ていたり、大振りの旗を持っていたりした。拡声器で列を乱さないように促す人もいれば、文字がびっしり並んだ紙を配る人もいる。

ジユは人々の顔に視線を這わせた。もしやと思ったが、ジュニはいない。もっと近づかなければ。どこかにジュニがいるはずだ。バスの行く手をふさいでいる人たちを見ようと、ジユは首を伸ばした。ユニフォーム姿の人たちだろうか。口汚い言葉を吐く人たちだろうか。半ば立ち上がりかけたところで、ジユは驚いた。小さな子どもがいた。

たくさんの部品のうちのひとつをはめこむ仕事が、ジュニは好きだったのだろうか。初めてひとりで出勤した日、ジユはそんなことを思いながら作業服に着替えた。仕事を見つけるのは難しくないはずだった。どうせ最低賃金しかもらえないのだし、たいした技術が要るわけでもない。そして、そういう仕事はあり余っていた。コンビニでレジを打ったり、スーパーでバーコードを読み取ったりする仕事も同じだった。ジユが自分の持ち場に立つと、ベルトコンベアが動きだした。

　立ちっぱなしでいる時間が、七時間から九時間になった。たった二時間の差だ。夜勤手当がつくのだから、むしろ嬉しいことだと思っていた。だが、一週間だとプラス十四時間、ひと月だと六十時間増えるのだった。そのぶん給与明細の数字は増え、ジユの疲労も増した。昼休みと交替前の準備時間が短くなったことに気づいたのは、ずっとあとになってからだ。思えば、しょっちゅう胃もたれしていた。

　昼休みに構内食堂で一緒にお昼をとっていた人たちが、ひとり、ふたりと現れなくなった。残った人たちは急ぐあまり、ほとんど流しこむように食べた。食後に少しでもゆっくり休みたいからだった。トレーを手に並んでいるとき、水を飲むために浄水器横の紙コップを抜き取るとき、ジユはジュニを思った。まだ壁にかかったままの、ジュニの作業服を。

　よくわからなかった。同じ時給なら、一人に九時間ぶん払うのと二人に四時間半ぶん払うことになんの違いがあるのか。同じ二十四時間、ひと月なら七百二十時間を分け合うだけの話ではないのか。

子どもは大人たちの合間に寝転んで眠っていた。ジユは大人たちを見た。母親らしき人が子どもの額をなでている。大きな花柄のゆったりしたワンピース姿で、手をうちわ代わりにしている。その横にはカラムシの服を着たお年寄りと、眠そうにあくびをしているランニングシャツ姿の中年男性。あの人たちの夜は熱いのだ。あんなにも熱いのだ。ジユはむせ返るようだった。

どうしてああいう人たちが道をふさいでるんでしょう？

誰にでもいいから尋ねたかった。心のなかでつぶやこうとしたのに、思わず口にしていた。魔法瓶の男が静かに言った。

この状況に怒りを抑えられないからですよ。

誰かが歌いはじめた。知られた歌なのか、あちらこちらから歌声が上がった。この人たちに怒るのはお門違いじゃないですか。ジユはそう言いたかった。ここで怒ってたって仕方ないじゃないですか。歌のテンポが徐々に上がっていると思ったとき、向かいからこちらへ石を投げる者がいた。続いてジュースの缶やペットボトルが飛んできた。向かいの人々が怒鳴った。うるさい！　静かにしろ！　寝られないじゃないか！　飛んできたもののひとつが、魔法瓶の男の頭にぶつかった。

大丈夫ですか？

魔法瓶の男はうなずき、自分の頭にぶつかってきたものを拾い上げた。ジユは、その手に握られた小さなゴムボールを見つめた。子どもに大人気の動物のキャラクターが描かれたボールは、なかに鈴が入っているのかチリンチリンと音を立てた。

ローンの支払いのために工場に入ったのだと言うと、組長は、なにか大きなビジネスでもやったのかと訊いた。ジユに引き継ぎを行なっていた人がけらけらと笑った。お嬢ちゃんみたいな人、いくらでもいるよ。よくある話だね。同じラインの人たちが口々に言った。バッグでも買ったの？　カードで？　ジユは小さく答えた。学費です。もう誰も笑っていないのに、とつぜん大きな笑い声が聞こえた。ジユはそちらを見やった。ベルトコンベアの流れが最も速く、そのためいちばん忙しいラインだった。ジュニがぱっと手を挙げた。よろしく。

　ジュニはジユより早く、十八歳のとき工場に入ったという。一つひとつ仕事を覚え、地道に働いた。当時はふたりとも工場の寮に入っていたが、非常時に駆り出されたり、夜も機械の音に邪魔されたりするせいでぐっすり眠れなかった。工場の外に部屋を借りたとき、ジュニは頑張ってよかったと言った。頑張った甲斐があったと。

　大学に行きたい気持ちはなかったな。学校は勉強するところでしょ。とくに学びたいこともなかったし。ジュニはそう言った。そっか。通っていた大学と学科を尋ねる人たちの合間で、憐れむような笑みを浮かべていたジュニ。大変だね。そう言っている気がした。勉強もして、仕事もするんだね、こつこつ。ジュニは、一緒に部屋を借りようと言ったあと、そう付け足した。ジユは恥ずかしくなった。ただ歩きつづけているだけのことを、こつこつ、と言われている気がした。立ち止まったり走ったりすることが突破口にはならず、だからひたすら歩きつづけているだけという意味の、こつこつ。

　子どもの泣き声が聞こえてきた。ジユは、向かいに座っている人々のあいだを縫って歩く黒い影を見た。影は人々を無理やり立たせたり、押しやったり、手足をつかんで引っ張ったりした。人々は叫び声を上げたり、悲鳴を上げたりした。子どもは疲れたように泣き出した。影はひとつ、ふたつと数を増していく。

　背後で悲鳴が上がり、ジユは振り向いた。影がこちら側にも見えた。影は暴れていた。驚いた人々が腰を上げると、影はそれを待っていたかのように向かい側へ駆け出した。向かい側の影もこちらへ駆け出した。辺りは一瞬で修羅場と化した。入り乱れる影と、倒れゆく人々。魔法瓶の男がジユの手を引っ張った。

　バスの運転手はドアを開けようとしなかった。ジユは必死でドアを叩いた。運転手と目が合ったが、彼はぷいと顔を背けた。背後で影に押された人が転び、ジユにぶつかった。ジユが驚いて悲鳴を上げると、運転手はしぶしぶドアを開けてくれた。

　運転手は、早くここから抜け出すべきだと言った。ジユは窓の外を見た。遠くに引率者の男と黒縁メガネの女が見えた。泣いていた子どもはどうなっただろう。うたた寝していた男は、疲れて見えた老人は、後ろのほうで歌っていた人たちは、どうなっただろう。ジユはふと、あのなかにジユニがいるかもしれないと思った。

　これ、お願いします。

魔法瓶の男がジュのほうへ鞄を差し出した。自分は外へ出ると言う。運転手はすでにエンジンをかけ、ギアを変えているところだった。あの、あの。またも彼の顔がジュニと重なる気がして、彼を引き止めたかったが、声が出なかった。ジュニの問いに答えられなかったときのように。引き止めて〝どう〟すればいいか見当がつかなかった。

コーヒー、まだありますよ。

魔法瓶の男はジュに言い、運転手にドアを開けるよう頼んだ。魔法瓶の男が降りるが早いか、運転手はすぐさまドアを閉めた。開いたドアの隙間から入りこんできた騒音は、さっき外に座っていたときに聞いた歌声のようだった。みんなが知っていて、ジュだけが知らない歌。ひょっとすると、テレビで初めて彼女を見たとき聞こえていたのはこれだったのだろうか。それならやっぱり、ジュニはいまあのなかにいるのではないか。

バスがゆっくりと動きだした。ジュは思った。ここから抜け出しても、この夜は永遠に終わらないのではないかと。

著者あとがき

二〇一一年から二〇二〇年にかけて発表した小説のうち、八編を収めた。のろすぎると思うこともあったが、いまとなっては自分にほどよいペースだったと感じている。私の二〇一〇年代、一時代がこの本にぎゅっと詰まっているといえるだろう。書くという行為の前で挫折しそうになるたび、信頼する友の「小説家は自分が書いたもので現在の立ち位置を示すもの」という言葉に励まされた。私が立っていた場所、その軌跡を読者の方々にどんなふうに読んでもらえるのか、不安でもあり楽しみでもある。途中でへたばってしまわないよう勇気をくれた同僚たちと友人たち、家族にこの本を渡しながら挨拶できることを幸いに思う。

ジユ、ジュニ、キョン、ユン、ダミ、ユンジュ、サンミ、ミギョン、スア、ジョンユン、ウンジュ、そして、女、私。私を苦しめ、私が苦しめた、それでもやっぱり私を笑顔にし、喜ばせてくれた、小説のなかのすべての女性たちへ。私の立つ場所に共に立っていた彼女たちへ。私の彼女と女友達へ。それぞれが望んだとおりに幸せであってほしい、心からそう願っていると伝えたい。

書きたくて書いているのに、新しい小説に取り掛かるたびに逃げたくなる。すでに台無しにしてしまった気がして、泣きたい気持ちになる。本当に泣くこともある。どうして書こうとしたんだろう。自分になにが書けるんだろう。いつも堂々巡りだ。その質問に答えられるのは書き終えたあとの自分だとわかっているから、ひたすら耐えるしかない。そうして書き終えてみると、「書き終えた」と言うために生きている気がする。その瞬間、私のたしかなピリオドになってくれるソ・ドンミに、私の小説のありったけの愛を送りたい。

二〇二〇年夏

チョ・ウリ

訳者あとがき

クィア文学は、いつからか韓国文学の潮流のひとつとなった。二〇一六年の「フェミニズム・リブート」以降、社会的弱者・少数者が声を上げはじめるとともに、文学界でもセクシュアル・マイノリティを扱うクィア文学が活気を帯びてきた。二〇一八年に韓国初のクィア文学選集『愛を止めないでください（사랑을 멈추지 말아요）』が刊行されると、二〇一九年には十三冊、二〇二〇年には十五冊と右肩上がりの増加を見せている。クィア文学を短編として書いている作家に、チョ・ナムジュ、チョン・セラン、ファン・ジョンウン、チェ・ウニョンら、作品集を出している作家にパク・サンヨンなどが挙げられる。

そんななか、本書『私の彼女と女友達』の著者チョ・ウリは、十年以上にわたってクィア作品を書いてきた。クィア・労働・女性についての確かな問題意識をもとに、今を生きる女性たちが置かれた現実を、ときには残酷なまでにリアルに、ときには爽やかな余韻とともに描き出している。作品を年代ごとに追って見ていくと、著者自身の視点や姿勢の変化も見受けられる。この短編集には二〇一一年のデビュー作から二〇二〇年までに発表した作品が収めされており、作風という点では、大きく二〇一五年までとそれ以降の作品に分けられそうだ。まずは二〇一五年以前の作品を見ていこう。

「11番出口」を読んだとき、この物語をどう理解していいのやらひどく戸惑ったのを覚えている。作中に『不思議の国のアリス』に触れる部分があるが、それこそ都会という森に迷いこむというおとぎ話として受け止めるべきか、あるいは、案内図に表示されない出口のように突破口のない労働者の物語として、はたまた恋物語として読むべきか。翻訳段階でもラストの一行で頭を悩ませていたのだが、ある著者インタビューを見つけてようやく合点がいった。著者自身、長年この作品とどう折り合いをつけていいか悩んでいたようだ。この作品が発表された二〇一五年は、セウォル号事件が起きた翌年だった。著者は「希望を描けず悲惨な締めくくり方をした作品、失敗した小説だと思った。同時代を生きる作家たちも同じだと思うが、セウォル号の惨事とフェミニズム・リブート、文学界の性暴力告発を基点として、小説への観点が一変した」と語っている。その後、「11番出口」を本書に収録するにあたって、最後の一文を付け加えたと言う。悪化していくばかりの環境、そんな結末に閉じこめてしまったダミに希望を与えようというのだ。そうすることで、暗い現実から一気に救い出してくれるのは特定の誰かや力ではないのだと、そこにはあまたの可能性と広がりがあるのだと示すかのように。著者は言う。「お互いをいたわる気持ち、もしかするとそれこそが最も希望に近いものではないか」「私はもう、どんな女性であっても残酷な結末の中に置き去りにしたくない。どんな失敗をしても、また夜は明けるのだと語るべき人間になった」と。

デビュー作の「犬五匹の夜」も、日本の読者には背景が浮かびにくいかもしれない。二〇一一年、韓進重工業は社員の約三分の一をリストラし、労組はその撤回を求めて三日間籠城した。その後、全国民主労働組合総連盟のキム・ジンスク指導委員が韓進重工業内のクレーンの頂上で座り込み闘争を続け、半年後には、労組を支援するために全国から集まった〝希望バス〟が現場に進入しようとして数十人の負傷者が発生した。「犬五匹の夜」ではこの一連の事態をモチーフに、工場労働者であるレズビアンカップル（名前で性別をキャッチできないため、翻訳ではわかりにくいかと思う）が不当解雇を通じてすれ違う姿を描いている。

「ねじ」は同じ場所をぐるぐる回る、自分の居場所が不安定であるという点では「11番出口」に似た雰囲気をまとっているが、根底に楽観があるという点でまったく異なる結末を迎える。根気強さが表れる場は人によって異なるが、〝私〟の場合はねじ捜しがこれに当たる。こういった根気強さがどんな未来につながるかまではわからないにしろ、本人が「どうにかなるんじゃないか」と思えている限り、そのたくましさを信じたい気持ちになる。「物々交換」は、ささやかな権力を手にした主人公が思いがけず甘い蜜を吸ってしまう話だ。「たかがマクワウリで？」と、老人と主人公のやりとりを笑うかもしれないが、疑うことさえ忘れた人間はこの世にあふれている。とは言いつつも、読後にどこか物悲しい気持ちになるのは否めない。「ブラック・ゼロ」は、ある意味で極限状態における人間性を描きつつも、〝私〟がキョンのときのように解雇されなかったのは、相手が〝ロイヤル〟ではなく〝ブラック・ゼロ〟だったからではないかという哀しいアイロニー感を残す。

次に、近年の三作品を見ていく。「私たちがハンドルをつかむとき」は、主人公がレズビアンカップルであることが前提になってはいるが、「ねじ」「犬五匹の夜」同様、それを前面に打ち出している作品ではない。あくまで、それぞれに立ち位置が不安定な人々が分岐点を見つける物語であり、分岐点を過ぎてしまう前にハンドルを切れるかどうかのサバイバルストーリーだ。

運転しているときのサンミは、話しかけるのもためらわれるほど神経質になることがある。そんなサンミの隣に座っていると、一緒に移動しているというよりどこかに運ばれているような気になった。（十一ページ）

私たちは交代でハンドルを握りながら、どこまでも走り続ける。いいプランだと思った。（二十ページ）

立ち止まったままで景色は変わらない、見晴らせる景色や流れる景色を自ら獲得してみせようという、美しき共生の物語。

一方、「ミッション」は、立場の差から生まれる理不尽さにさらされた若者たちの生き様を描いた作品だ。

> スアは、皆が心置きなく使える物のように扱われた。スアに断る権限はなく、指示どおりに動くだけだった。そんなとき、スアは自分がボールペンのように、付箋紙のように、クリップのようにだんだん小さく軽くなっていって、最後には消えてしまうのではないかと思った。ミギョンにもよくわかった。自分もコピー機のように、携帯のように、車のキーのように扱われていたから。（七十四ページ）

ここに登場する主人公もまた、無念にも挫折を味わった友人を目の当たりにしたのちに、みずから人生のハンドルを切ろうとする。〝ミッション〟とは誰かに与えられるものではなく、自ら自身に課すものだといわんばかりに。一方で、一見慈愛に満ちたようなほほ笑みや相手のためを思って言っているのだという態度が、実際にはいかに暴力的なものになりうるかを生々しく映し出している作品でもある。

そして、表題作の「私の彼女と女友達」。このラストも爽快だ。もしも自分たちをありのままに受け入れようとしない場への殴りこみで終わっていたら、現実味に欠けたマンガのような終わり方になっていたことだろう。だがこのカップルは、自分たちがやると決めたことは果たしたうえで、招待状の二人の宛名をハートで結ぶというハイセンスな人たちのいる場へと舵を切る。これが現在のクィアのリアルとでもいうように。ちなみに、ジョンユンの好きな動物であるペンギンは、同性カップルがいることで知られている。

以上、多少の解説なしではわかりにくかったかもしれない作品を中心に、簡略な説明と訳者なりの感想を添えさせてもらった。ここまで来ると、著者がクィア文学の中でも特異な位置づけにあることが多少なりともわかっていただけたかと思う。クィア・労働・女性を扱いながら、彼女たちに与えられた選択肢について、そこから選び取れる選択肢の有無について問う作家。そして、世間からもたらされる不愉快さを前にしても、おかまいなく勇敢に次なるハンドルをつかみ、ミッションに挑み、大切な人の隣にいつづけようとするたくましさは、すがすがしいことこのうえない。この作品集が、書肆侃侃房の韓国女性文学シリーズに入ることを嬉しく思う。

表紙のイラストは、原書のまま使わせていただいている。これを幽霊だと著者は言うが、そうではない、絶対に天使の羽だ。この本を読んだ女性たちの心が少しでも軽くなることを、そして、自由に羽ばたく勇気を持てることを願っている。

二〇二二年　犬六匹の夜に

カン・バンファ

収録作品初出誌

私たちがハンドルをつかむとき	「文学トンネ」２０１９年冬号
11番出口	文章ウェブジン２０１５年1月号
ミッション	「現代文学」２０２０年5月号
私の彼女と女友達	「リッター（Littor）」２０２０年6／7月号
ねじ	クルティーン２０１４年5月号
物々交換	文章ウェブジン２０１４年11月号
ブラック・ゼロ	「大山文学」２０１４年夏号
犬五匹の夜	２０１１年大山大学文学賞受賞作

■著者プロフィール

チョ・ウリ［趙羽利／조우리］

2011年、短編小説「犬五匹の夜」で大山大学文学賞を受賞し作家デビュー。女性、クィア、労働に関心を寄せて執筆している。著書に短編集『リレー』『チームプレイ』、長編『ラスト・ラブ』などがある。

■訳者プロフィール

カン・バンファ［姜芳華］

岡山県倉敷市生まれ。岡山商科大学法律学科、梨花女子大学通訳翻訳大学院卒、高麗大学文芸創作科博士課程修了。梨花女子大学通訳翻訳大学院、漢陽女子大学日本語通翻訳科、韓国文学翻訳院翻訳アカデミー日本語科、同院アトリエ日本語科などで教える。韓国文学翻訳院翻訳新人賞受賞。訳書にペク・スリン『惨憺たる光』『夏のヴィラ』、チョン・ユジョン『七年の夜』『種の起源』、ピョン・ヘヨン『ホール』、チョン・ミジン『みんな知ってる、みんな知らない』、キム・チョヨプ『地球の果ての温室で』、チョン・ソンラン『千個の青』、ルリ『長い長い夜』、ハ・ジウン『氷の木の森』など。韓訳書に柳美里『JR上野駅公園口』、児童書多数。著書に『일본어 번역 스킬(日本語翻訳スキル)』がある。

Woman's Best 16　韓国女性文学シリーズ 13

私の彼女と女友達　내 여자친구와 여자 친구들

2023 年 5 月 6 日　第 1 刷発行

著　者　　チョ・ウリ
翻訳者　　カン・バンファ
発行者　　田島安江
発行所　　株式会社 書肆侃侃房［しょしかんかんぼう］
　　　　　〒 810-0041 福岡市中央区大名 2-8-18-501
　　　　　TEL 092-735-2802　FAX 092-735-2792
　　　　　http://www.kankanbou.com
　　　　　info@kankanbou.com

編　集　　田島安江／池田雪
DTP　　　黒木留実
印刷・製本　シナノ書籍印刷株式会社

ISBN978-4-86385-570-0 C0097

韓国女性文学シリーズ④

『春の宵』안녕 주정뱅이

クォン・ヨソン／著　橋本智保／訳

生きる希望を失った主人公が、しだいにアルコールに依存し、自らを破滅に追い込む「春の宵」。別れた恋人の姉と酒を飲みながら、彼のその後を知ることになる「カメラ」。アルコール依存症の新人作家と、視力を失いつつある元翻訳家が出会う「逆光」など、韓国文学の今に迫る短編集。初邦訳。

四六判／並製／248ページ／定価：本体1800円＋税
ISBN978-4-86385-317-1

韓国女性文学シリーズ⑤

『ホール』홀

ピョン・ヘヨン／著　カン・バンファ／訳

交通事故により、病院でめざめたオギを待っていたのは、混乱・絶望・諦め……。不安と恐怖の中で、オギはいやおうなく過去を一つひとつ検証していくことになる。それとともに事故へ至る軌跡が少しずつ読者に明かされていくのだが。わずかに残された希望の光が見えたとき、オギは――。映画「ミザリー」を彷彿とさせる息もつかせぬ傑作ミステリー。

四六判／並製／200ページ／定価：本体1600円＋税
ISBN978-4-86385-343-0

韓国女性文学シリーズ⑥

『惨憺たる光』참담한 빛

ペク・スリン／著　カン・バンファ／訳

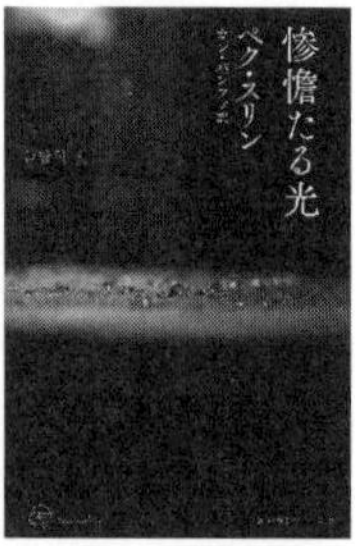

光は闇の中でのみ煌めくという。
苦しみが癒えることはなく、孤独を抱え、それでも、
日々、生きていかなければならない。
心のよるべなさを丁寧に掬いあげた初邦訳作家の短編集。

四六判／並製／280ページ／定価：本体1800円＋税
ISBN978-4-86385-367-6

韓国の現代《いま》を生きる女性たちは、どんな時代を生き、どんな思いで暮らしているのでしょうか。女性作家の文学を通して、韓国の光と闇を照射するシリーズです。

韓国女性文学シリーズ⑦

『四隣人の食卓』네 이웃의 식탁

ク・ビョンモ／著　小山内園子／訳

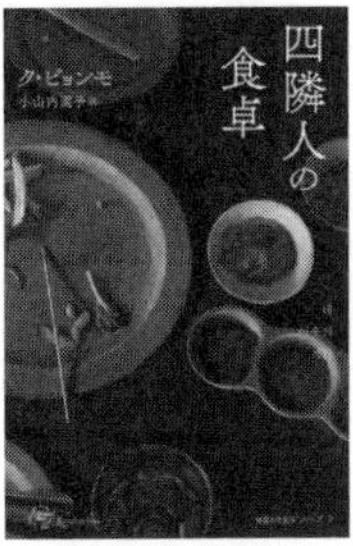

都心にギリギリ通勤圏内。隔絶された山あいに国家が建設したのは、少子化対策の切り札となる集合住宅だった。「入居10年以内に子供を3人もうける」というミッションをクリアすべく入居したのは、4組の夫婦。やがて、お仕着せの“共同体”は少しずつ軋みはじめる――。奇抜な設定で、「共同保育」「家事労働」「労働格差」など韓国社会のホットで深刻な現実を描き出していると話題を呼んだ2018年韓国日報文学賞候補作。

四六判／並製／200ページ／定価: 本体1600円＋税
ISBN978-4-86385-382-9

韓国女性文学シリーズ⑧

『第九の波』아홉번째 파도

チェ・ウンミ／著　橋本智保／訳

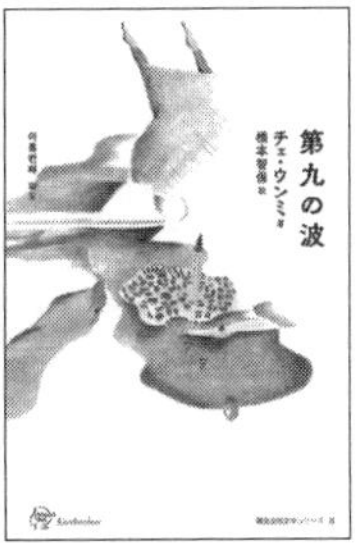

石灰鉱山にまつわる謎の死、カルト宗教団、原子力発電所の誘致をめぐる対立などが混在し、欲望が渦巻く陟州で、翻弄される3人の男女の恋愛を描く。2012年、江原道にある町で実際に起こった事件をモチーフにした、社会派×恋愛×ミステリーの長編小説。

四六判／並製／384ページ／定価: 本体1900円＋税
ISBN978-4-86385-417-8

韓国女性文学シリーズ⑨

『オビー』어비

キム・ヘジン／著　カン・バンファ、ユン・ブンミ／訳

『中央駅』『娘について』のキム・ヘジン、待望の短編集。
巨大な物流倉庫の職場で出会った、自分本位で他人と関わろうとしないオビーと、同調することばかりを考える自分との違いに心乱される「オビー」、チキン配達で出会った自殺願望のある男とのやりとりを滑稽に描いたデビュー作「チキン・ラン」など、今を生きる不安定な若者たちの仕事や社会との関わりを描いた9編を収録。

四六判／並製／248ページ／定価: 本体1800円＋税
ISBN978-4-86385-433-8

韓国女性文学シリーズ⑩

『私のおばあちゃんへ』나의 할머니에게

ユン・ソンヒ、ペク・スリン、カン・ファギル、ソン・ボミ、チェ・ウンミ、ソン・ウォンピョン／著　橋本智保／訳

年老いた女になるつもりはなかった。
その日その日を生きているうちに、いまにたどり着いただけ。
いまという日は、自分とはまったく関係のない他人のものでなければならなかった。
6人の女性作家が描くミステリー、SF、ロマンス、家族ドラマなど、老いを描いた6編の“おばあちゃん”アンソロジー。

四六判／並製／192ページ／定価: 本体1600円＋税
ISBN978-4-86385-483-3

韓国女性文学シリーズ⑪

『夏のヴィラ』여름의 빌라

ペク・スリン／著　カン・バンファ／訳

「黒糖キャンディー」（『私のおばあちゃんへ』）『惨憺たる光』に続くペク・スリン、待望の最新作。
初めてのヨーロッパ旅行で出会い親交を温めてきたドイツ人夫婦に誘われ、気持ちがすれ違っていた夫と共に訪れたカンボジアのヴィラ。数日過ごすうち、夫とドイツ人夫婦の間に小さな諍いが起こり……「夏のヴィラ」など、人と人、世界と世界の境界線を静かに描いた八つの短編を収録。

四六判／並製／240ページ／定価: 本体1700円＋税
ISBN978-4-86385-499-4

韓国女性文学シリーズ⑫

『終わりの始まり』끝의 시작

ソ・ユミ／著　金みんじょん／訳

1970 年代生まれの韓国女性作家、チョ・ナムジュ、ファン・ジョンウンなどと並び、韓国文学界を背負う一人であるソ・ユミ、待望の初邦訳。「甘ったるい春夜の空気を物悲しく」感じる人々のストーリーは不幸という共通分母の中で一つになり、三人の人物が感じる「静かにうごめく喪失感」が小説の根底に流れている。それぞれがその喪失感を乗り越え、成長していく四月の物語を、やさしい視点で描き出す。

四六判／並製／176ページ／定価: 本体1600円＋税
ISBN978-4-86385-538-0